书·美好生活
Book & Life

书，当然要每日读。

经典版

蔡颖卿 著

Pony 绘

Slowly
Quickly

用细节把
日子过成诗

北京时代华文书局

蔡颖卿的话

每天拨一小段时间阅读，是我在忙碌生活中给自己的小小犒赏，在与书的面会之后，在宁静无声的表面下，我可以感受到心灵的深层搅动着符号学家罗兰·巴特（Roland Barthes）说明的改变：当一篇文字激起智力的源泉时，可以把读者从消费者变成生产者。

无论在哪个生活阶段，我都不苛求清清楚楚地划出完全属于自己的安静时刻，所以我就利用操作家务、全心陪伴孩子的时间，也利用热情地进入工作的时刻来感受那些安静给我的种种享受，再从这种感受中支取快乐来面对每天循环的生活。

我相信，真诚、善良和温柔除了是一种必要的认知之外，也一定要由实践变成习惯。记得每天开口时好好说话，一定会好过不逊的态度和刁钻的言辞，久而久之，环绕我们的气氛自然会和谐许多。

我觉得这个社会上大部分的人都是这样量入而出、脚踏实地生活的。但是，并不是每个人都能感受，在限制中，生活还是有更美好的可能。

东西便宜不是我允许自己可以随意拥有它的理由，功能与需要才是我的设想点。省四五样东西的钱去买一个对我真正有用的东西，是我思考的花用法。一旦买了，就好好用、常常用。

幸福不是一定属于有钱、有闲的人家，教育也不是花钱买得到的商品。生活稳定的节奏、父母每天的关怀照顾，所结合而成的安全感，就是我们能给予孩子最好的礼物，也是我心中"家庭"最基本的定义。

母亲告诉我，在生活中如果犯了错，有时候只要很诚恳地说一句简单的对不起就很好。母亲说：用最简单的心接受自己犯错的事实，是一种很好的性情。

简体版再版序_
用细节把日子过成诗

华文嘱我重写一篇序文的隔天,我给妈妈班的学员上了一整天的课。

早上下厨实作了几道菜、讨论厨艺与整理生活的概念;用餐后,我们一起沉浸在几则诗文的探讨中。

下课前,阴雨日的天光已尽收,玻璃窗外的庭院灯映在白色落地窗的玻璃上。淋着雨的灯,一盏盏晶莹剔透。讲书时,我忽一抬头,眼前那条汉白玉长桌上,一排正奋笔疾书的妈妈们,各自醉心文字的影像,好美!

一种绝不会用"漂亮",而只想用"美"来形容的神情,从一张张平静的脸上,不带声息地漫步而出;我独自享受了那股看见美丽的喜悦之后,感叹自己日子里的诗意,全是生活与他人的赠予!

这本原名为"漫步生活"的杂记,北京时代华文书局出版时,为她更名成《用细节把日子过成诗》。起先，我是带点诧异的，感觉这么文艺的书名，是不是会让读者误以为我理想的生活绝美飘逸？而静观实际，日子与我的关系却永远是那样的时碾时、日轧日，一点都不曾有过"轻"与"松"的。我汗颜这样的内容，可以用"诗意"为书名吗？那美好有如书签、卡片中以漂亮字体印上的摘句，适合用来为我的生活状形吗？

然而，在一年年的四季更替，一年年的人事变化之后，我突然对这本书的新名字起了一种深思与同感。假如，"诗"所代表的：

是从繁乱中凝练出属于自己的意义，

是一个人发自内心跟生活的和歌，

是情不自禁动手修缮内心生活的芜杂与空洞；

那么，这本书虽非刻意以诗为律，却也的确在且行且歌中珍惜了生活。于是，我宽容地对自己说，这些不尽优雅细致的生活韵，或许勉强可以说是一本日子诗。

原序_
爱生活，不是养生，是尽情燃烧自己

出版了七本书之后，多数读者眼中所认识的我是重叠于"母亲"这个角色的诠释，也因为这样，我最常被提问的，就是类似于"为什么你会懂得如何当母亲？"或"为什么你总是有勇气、力量来面对母职的种种难题？"到底，生养孩子之后的二十四年里，除了母亲之外，我还有没有一个可以称得上完整的"自己"呢？这其实是一件别人常提，而我却完全不曾自疑过的问题。

记得有年母亲节，有位记者问我最想要的礼物是什么。我说，真的没有想过得到家人送的什么。

她接着问："难道你不觉得需要一份礼物，例如在这个节日中，从母亲这个角色逃离，去拥有一两天完全属于自己的生活吗？"我被惹笑了，并知道这其实是一个真正的难题。如果我说，我从没有想过这个需要，一定会被视为矫情，因为多数的母亲都强调自己是如何被生活压得喘不过气来，这个世界又不断提醒我们"保持自我"有多么重要,而我却在这个答案里假装悠闲与镇定?但如果我说自己的确想要get away几天,这才是真正的谎言。

"想与不想"非得择其一而答,其实是极端的思考。我相信在母亲这个难以定义责任内容的角色下,女性并不是从生活中逃离几天"就能"或"才能"捡回自我完整的感觉。我之所以没有这种想法,是因为在许多生活的空隙中,曾经不断地感受到一个完整自我的存在,尽管这些空隙有些小到连一天时间中的百分之一都不到,但因为它的确灵光一闪地与我相伴,使我对完整自我的体会从不感到匮乏。

有些年轻的女性朋友曾问我:"如果我不能好好爱自己,那我又怎能好好爱家庭?"这话听起来十分有道理,但话中却似乎对"爱自己"有某一种特有的定义。一位女性是不是非要离家去喝下午茶、同一群朋友度假或放下一切去一趟美容沙龙,才算得上真正爱自己?她是否非要与家庭杂务切得一干二净,才能重新感受自己的无忧与完整?想来每一个人的感受定不尽相同。

在我的心中,爱自己有千百种方法;感受付出的价值、用行动释放下忧虑,是我最受用的一种,所以我就以这种毫无设限的方法来与生活日日相见、培养情感。我想我对生活的确有一片痴心，虽不知天亮之后的一天会发生哪些事，但知道自己被赐予了一份名为时间的礼物，在日出月升之间，我的脚步所行、双手所做、心灵所受，会被称为我所拥有的生活。于是，我静心舞动我的织机，漫步在这片独一无二、或大或小的天地之间。

当桂芬与思芸整理出稿子，并邀请小女儿Pony为这些文字插画时，我有机会从女儿写给她们的一封信中读到那个"非母亲"的自己，也找到我无须从生活中逃离的理由。

Dear Sysy,

很抱歉因为对上次的画感到不满，而耽误了您的时间。

这几天我一直都在做关于插画的Research，也仔细地读完妈妈的稿子。一旦有了更深刻的了解，我就比较容易定下适当的画风。

我先解说我对插画与文字的理想。在读完这本书之后，我觉得自己好像被带入一个非常私人、有趣的世界。在文字里，我能感受到妈妈当时下笔的心情，是一种停留在记录那一刻的感觉。

这是一个充满时间性的作品。因此，我也希望自己的插画能投射这个特质，所以我采取自己画册里的Style。这种画风只用三种颜色，构图随性。希望能Seamlessly地搭配妈妈的文字，为书创造一种单纯又真实的质感。

从最亲近的家人笔下，我看到自己虽日日忙碌于工作与生活杂务之中，然而那个"非常私人""有趣"的世界并非我的错觉，它的确是存在的，因此我的无须逃离也并非自我安慰。

这本书是我对生活一片痴心的吉光片羽，在女儿的画笔下，时间与我仿佛有新的面晤；在色彩渐淡的记忆中，曾被捕捉的喜悦常在无心回顾中轻轻拍翅飞起，盘旋而歌；而我在歌下，带着前路必能见到繁花盛开的心情，继续漫步生活。

目录

蔡颖卿的话　　　　　　　　　　　　　　002
简体版再版序　用细节把日子过成诗　　　004
原序　爱生活，不是养生，是尽情燃烧自己　006

一 用细节把日子过成诗

一杯一盘所带来的趣味　　　　　　　　002
小事中学会"美"，因为那是Art　　　　005
知识之外的生命功课　　　　　　　　　008
器物是存留回忆的地方　　　　　　　　012
一枝金枣，满室生辉　　　　　　　　　015
色彩，的确鲜明地影响着我的生活心情　018
讲究的确是一种心情　　　　　　　　　021
一本旧书，一段联结　　　　　　　　　024
旧事件件都只剩温柔　　　　　　　　　026
给孩子留住粉蓝的回忆　　　　　　　　028
食物是爱的表达，爱的接受　　　　　　030
留一首诗在你口袋　　　　　　　　　　040
读书日记　　　　　　　　　　　　　　044

二 今天也要用心过生活

菜市场的哲学家	046
生活真正的质地	050
好一幅人间生活画	052
曼谷小摊的生活智慧	054
流连十六巷	057
人间寻遍且归耕	061
在放手的功课里，多留信任与祝福	068
新港，月光下	070
姜片与田乐烧	074
艺术也不必刻意"与众不同"	078
未能尽兴的遗憾，是下次启程的理由	081
世事，都需一份等待	084
厨房日记	086

三 珍惜每一个可以期待阳光的日子

与黄昏有关的生活定义	088
愈忙愈需要安静	092
慢慢享受创造的滋味	095
外婆家的圣诞节	098
"一厢情愿"的欢喜倾吐	101
对爱，别无他求	104
那杯红茶的滋味	108
珍惜每一个可以期待阳光的日子	112
给孩子最好的"礼物"	114
如此接近的心情	116
生活需要的恢复力	120
最平凡的最快乐	122
每一天：有许多事要做，并一一完成	126
教养日记	128

四 限制中，生活还是有更美的可能

所谓了解与体谅	130
我们应该跟别人做好朋友	132
过界	136
温柔的眼，善良的口	142
以直抱怨，可也	145
素直	150
金钱从来都是人生大事	153
节制	158
安静	163
阅读的情味	165
应该果决的，应该审慎的	168
祝你——有工作可做	172
行为日记	**176**

五 把生活爱得热气腾腾

煎饺的微妙	178
用彼此的真诚，在爱里相遇	182
不用说的爱	188
等我长大	190
妈妈的手，总能把意念化为行动	193
因为有光	197
不要吝惜表达爱	200
两只小鸡	203
只是因为"可以爱"	206
太郎，提起脚步，向前迈进	210
爱，还是爱	213
别输给原本想要坚持的心意	216

跋　我要和生活翩翩起舞　　218

用细节把日子过成诗

一

一杯一盘所带来的趣味

曾经借居曼谷七年，我很庆幸自己能在一个真正温柔的社会中教养女儿的童年，有许多关于生活美的教育，的确是在泰国那几年受到的浸染最自然也最深刻。

重读这篇旧文章，眼前出现的不只是这一杯一盘，还有许多阅读生活时不该错过的小悠闲与小趣味。

曼谷半岛酒店的中国餐厅，色彩单纯、陈设雅致，踏进门的感觉就像走进一个大书房，虽没有书香，但的确有木香与茶香。临河之面，一片片柚木青条川的门屏起自挑高的天花板，直落软毡铺地的花台边，空灵剔透得让人只想以欢喜的心接迎丽日、静观园景。

有些兴致特别高的中午，我们会过河到半岛去吃午餐。一盘醉鸡海蜇、几款广式点心和一杯好茶，就是质量俱佳的午饭。饮茶点心在香港，用料调味固然很好，但环境与气氛的讲究却远远不如外移他国的餐厅，至少，一个"静"字就真正难得。我知道这不是餐厅期待就一定如愿的部分，再好的地方也经不起人声嘈杂与杯盘狼藉的折腾，所以，我格外珍惜能在安适幽静的"湄江"吃饭的感觉。

坐在隐约可闻的乐声中环顾四壁简静的中国味，使我想起了四季更迭的希望——春安、夏泰、秋吉、冬祥。

虽然空间的中国味十足，但"湄江"的餐盘却以西式的摆法来破题。餐桌上摆就的一个大盘上，有一条浆挺折花的雪白餐巾，待把餐布从盘上取下之后，盘上原被遮住的图绘不禁博人会心一笑——是环绕一整圈的童戏百态图，以"黑""金"两色的线条，工笔勾勒出繁复的图案。群儿绕盘而来，一片天真，让人想起诗句里的"闲看儿童捉柳花"；有趣的是，孩童们不是在"捉柳花"，原来，他们在放纸鸢。

一只鱼形风筝引线乘风落在盘中央，看起来仿佛故事已经完整。但"湄江"的想象力显然不只如此，就在我端起从细瓷盖碗里泡出的茶仔细品尝之后，穿着一身墨绿软缎唐装的侍者，端来了一盘开胃小菜，是一个淋上糖醋汁的酥炸馄饨。撒着翠绿葱花的馄饨装在一个浅碟里，浅碟又托在一个稍大的平碟上。当侍者在大盘上轻轻放下这一组前菜盘时，所有的乐趣达到了最高点，因为，每一个盘子上都有一根细线牵引着同一只风筝。

侍者把盘子放上大盘之前，显然已经细心地看好了位置，一落手就没有偏离太远；等盘放定，他又轻轻移动一下，每一条线瞬间完整地接合了起来，于是一幅吉祥如意的纸鹞戏子图终于完成。

三层大小的盘子，在一餐饭食间描述了丰衣足食之外的乐趣，而我也在那无忧无虑的游戏图里，感受到一种童心稚情的敏锐和放情于生活的快慰。

小事中学会"美",因为那是Art

孩子们在学校每周有一堂"Thai Class";在泰式的教室里席地而坐,学泰语、泰国文化和泰国的烹饪。

我非常欣赏学校这样的安排,孩子们到底学到什么姑且不说,光是这样的用心,就足以让他们懂得尊重他国文化的重要。我想,懂得尊重他人,是了解自我保持的基础。

昨天,我回到曼谷的家中,孩子们兴奋地争相报告这一周来发生的生活点滴,我像是被围在一群家雀的聒噪中,热闹而幸福。然后,她们拿来了一个竹编的角锥篓给我,说是我不在家时,一位泰国朋友送的。

Abby和Pony仍在争着为我解说如何使用这个炊具,只因为她们都在"Thai Class"里学过,也清楚这炊具热处理的原理是什么。泰国人用它来蒸糯米饭配上烤肉串吃,街头巷尾到处可见。

我聚精会神地盯着两张热切的小脸,在交叉重叠的话语里,撷取到一句十分重要的话。Abby说:"串肉片时要很仔

Easy Satay Marinade

- 2-3 cloves garlic.
- 1 tbsp. ginger, grounded.
- 3/4 cup coconut milk
- 1 tbsp. peanut butter.
- 3 tbsp. fish sauce.
- 2 tbsp lime juice
- 3 tbsp sugar
- 1 tsp. tumeric
- 1 tsp. curry powder.

1. Mix into paste.
2. Marinade for 2 hours. then skewer and fire away!

The first time I had satay was the night we arrived in Bangkok. I was delighted to find pieces of toast accompanying the skewers, because for the six year old me, toast would never qualify for dinner at home.

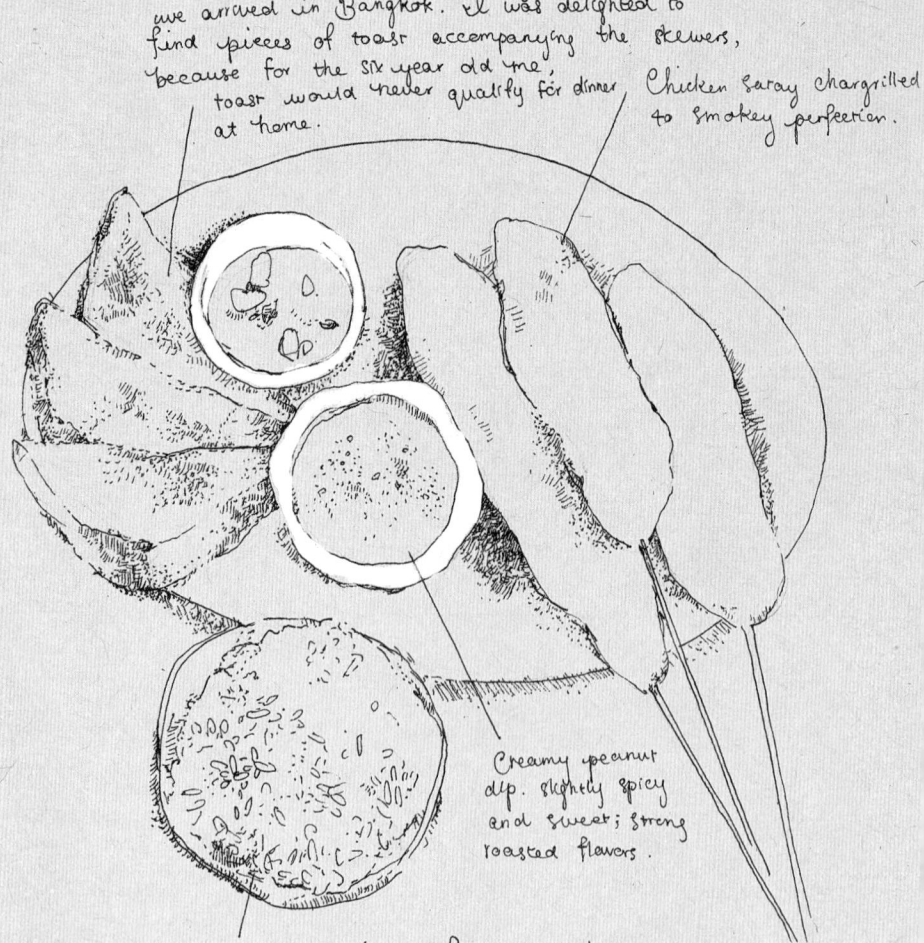

Chicken satay chargrilled to smokey perfection.

Creamy peanut dip. slightly spicy and sweet; strong roasted flavors.

Thai sticky rice is is often served steamed in little weaved baskets that imparts a certain fragrance. They might also come in a plastic bag, so that you can knead the rice into chewy balls - almost like mochi!

细，不能让竹叉露出来，否则会烧断，而且不好看，因为那是Art。"

她扬扬眉又说："如果我们把竹叉露出来，Khun Sirilake（她们泰语老师的名字）会要我们重做，因为那是Art。"孩子一连用了两次"Art"——艺术，再加上一脸的郑重其事，让我不禁笑了起来。

不过，我真是好好地把她的叮咛记下来了，相信下次我拿起竹签串肉时，也会小心地珍视这展现生活与美食的艺术。

在听完孩子们的谈话后，我开始敬重起"教导"的功能和意义，我愿意孩子们从这种小事中去学会"美"的重要与"艺术"的价值。希望她们不是只在展览或表演里才想到"艺术"的存在，也愿她们所被教导的，活化在每一天的生活里。

一盘竹签肉串的艺术会是什么呢？是不是人在口腹的饱足之外看到生活趣味的开始？是不是静静地串着肉片时，我们开始了解讲究的确是一种心情？

知识之外的生命功课

刚卜居曼谷时,我就喜欢《曼谷邮报》,因为这份报纸不只编排严谨,也很重视美感,连广告版都看得出风格与用心的一致。让孩子每天翻阅这样的日报,不担心有他们的年龄还经受不起的社会污染。

报纸中有一个单元名为"瞭望",以写实的文风深度报道关于泰国的风土人情及文化。"Outlook"每周日有一个单元由一位女记者负责拍照和撰稿,这位名为Somkid的泰籍华裔新闻人,把她透过镜头的领悟,以十分动人的英文短篇附于照片的一旁。专栏的内容简单深刻,我常常拿来给孩子做翻译练习,这比勉强以中文课本的内容来维系母语要有趣许多。

这篇是Abby六年级时的假日习作,文字留下我们亲子以不同方式共读的记忆片段。我们必然已在这种共同成长的互动中,以最自然的方式探讨了知识之外的生命功课。

> "Brother is making
> His balloon squeak like a cat.
> Seeming to see
> A funny pink world
> He might eat on the other
> side of it,
>   He bites,
>
> Then sits
>   Back, fat jug
> Contemplating a world clear as water.
> A red
> Shred in his little "fist.""
>
> — From Sylvia Plath's
>   "Balloons"

做什么事都要全力以赴

为什么不暂时离开现实,回顾一下你的童年呢?当你还是一个孩子的时候,可曾想过要得到任何东西?

回想起来,童年的滋味多半是快乐与伤心参半,当然,我的也不例外。

"爸爸,我想要一个!"九岁的我,拉着父亲的手,叫着央求道。我意念中的向往,是一个飘扬在动物园天空里的彩色气球。我记得那一天爸爸的回答,他告诉我:"我只买得起一个给你。如果你想要更多,你必须学会做什么都全力以赴,那么,有一天,你会买得起任何你想要的东西。"

那一天小女孩走回家的时候,手上牵引着一个孤零零的气球,但心中却充满了无数个彩色缤纷的美梦。

时间如水流去,我成了一个到处旅行的摄影者,有一天,当我在唐人街试着用镜头捕捉节庆的欢腾时,我来到了一个卖气球的小贩跟前,他的摊上排列着各色各样的气球。突然,一个声音响起,有个孩子也在央求他的母亲为他买个气球,那回忆中熟悉的声音,让我忍不住从心里笑了出来。

如今一如父亲所期,我可以买得起我想要的许多气球,而我也的确或多或少买了一些。特别是下乡去拍照工作的时候，我常会碰到气球小贩，也总有些衣衫不整的孩子会流连在四周，他们眼中所流露出的渴望，让我忍不住会为他们买些气球。

当我把长长的线交到那些小小的手上时，我的情感是无关于怜悯或同情的；我所给的气球，只是在延伸我童年梦中的向往。

器物是存留回忆的地方

这个烛台、这张桌子,几年前从曼谷跟我们搬回台南,现在又跟着我们安顿在三峡。因为有了这张桌子,工作室看起来就像我一向以来的家。

回台湾(台湾,即中国台湾。余同)后,因为老是请托同一家公司帮忙搬家,有一次,老板终于因为隐忍许久而把我招了过去。

他用一种"我虽无意探人隐私,但的确很想知道原因"的神情问我说:"你到底上辈子是烧什么香?是去哪里把你先生拐来的?"

不等我的答案,他就接着用一种立刻要崩溃的声音对我说:"他人怎么那么好,怎能让你整天这样翻天覆地?"

因为他的神情实在太逗趣了,所以,我笑着跟他抢白说:"我有那么差吗?为什么你不去问问我先生他上辈子烧的是哪个牌子的香?说不定他会介绍给你。"

他摇着头,又一次语重心长地对我说:"你知道这张桌子有多大吗?好了啦!就这样,拜托你不要再搬了。"

If we could only have one piece of furniture, I also would choose to keep our dining table...

for this is where we come together everynight, to share stories and celebrate our fortune of being a family.

谁知道,我再怎么想听他的,这张桌子还是要再度从店里搬到我的工作室去。桌子既在三峡,我当然没有夸张到把台南的师傅远地请来,但受委托的康福搬家公司的工作人员,却在出现时说了一句很幽默的话:"当我看到公司把我们四个放在同一组的名单时,我就知道这事非同小可!"

我那非同小可的大桌子,就这样再一次地翩然坐落在挑空的书房中,如今成为我们写作课相聚的角落。

如果轻声讲话,这张桌子即使围坐许多人,仍能非常宁静愉快。我记得三年前《厨房之歌》刚出版,我在台南的家办了两次新书实作。那两个晚上,我与十位妈妈在烛光下品尝食物、分享教养心情,这张桌子与墙后的镜画,就曾安安稳稳地聆听我们的心声。

Pony出门上大学前,也曾在这张桌上开过好几堂画画课。她上课那两三个钟头之间,时而专心作画的宁静与时而热切讨论的声音,直到现在,都好像还留在桌面与镜子的回映中。

我突然明白了,器物是在使用之间为我们存留回忆的地方。我们不断与家人、生活或诸多情感离别又重逢,只有倚赖使用过的器物帮我们点数其中的情意。一张桌子、一个烛台,如果温柔真诚以待,即使它的颜色、光泽老去,在我们充满记忆的眼中,仍然很美、很美。

一枝金枣，满室生辉

一月初的一个早上，我在市场看到有人载来金枣，连枝带叶堆了一车，那黄绿交错的果与叶，美得让我站在细雨轻飘、一片泥泞的地上醉心傻笑。满车尚未出售的金光，映着灰暗湿冷的天空，使我想起二十几年前的读书笔记，是读一本画册所抄录的英诗片段——在抑郁中亦有欢欣，就像在枯藤中也有金黄的南瓜。

我本该专心买菜的，却花时间站在车前挑拣整枝的金枣。回家后把一袋果实和几条粗细铅线交给Pony，我说："帮妈妈做个挂饰吧！"然后，自己急急赶去做别的工作了。

Pony一双巧手把金枣圈绑成好看的挂环，往大门一挂，木头的颜色与果叶的黄绿，协调地合唱出一年初始的欢愉。

过两天，我实在不舍得只一天几次进出大门时才能见到这挂环，便动手把它移到水槽前的墙上。有光映照时，不只那丰美的颜色使我的厨房与墙边屋角满室生辉，连那枝叶细密复杂的阴影，也充满皮影戏的小小童趣。

我做饭清洗时,常常忍不住抬头多望它几眼。金枣,芸香科。啊!我又想起了杨牧的一首诗。

情诗
杨牧(1974年作)

金橘是常绿灌木
夏日开花,其色白其瓣五
长江以南产之,属于
芸香科

属于芸香科真好
花椒也是,还有山枇杷
黄檗,佛手,柠檬
还有你
你们这一科真好
(坐在灯前吃金橘)
名字也好听,譬如
九里香,全株可以药用

受命不迁生南国兮

故事也好听

（坐在灯前吃金橘）

后皇嘉树

以喻屈原

你问我属于什么科

大概是楝科吧

台湾米仔兰，是

常绿乔木的一种，又叫

红柴，土土的名字

树皮剥落不好看

生长沿海杂木林中

也并没有好听的故事

木质还可以，供支柱

作船舵，也常用来作木锤。

凭良心讲真是土

色彩，的确鲜明地影响着我的生活心情

今天读书会的午餐色拉，有一小份酱煮的红黄甜椒，用餐讨论之际，有位学员问道："这道菜适不适合加入青椒？"

说起来，味觉是非常个人的经验感受，我所说的适不适合，其实都不过是自己主观的想法而已。

在考虑一道菜如何调配时，除了味道之外，颜色通常也是我重要的考虑之一，但鲜艳或对比出色，并不是我唯一的目标。有时候，我会希望一道菜的颜色透露出耐人寻味的单纯与稳重；有时候，我希望用非常明亮的色彩来引发新鲜的视觉联想。颜色甚至对于食物的温度感，也拥有某种程度的诠释效果。

以午餐这道用番茄泥、香料熬煮的甜椒来说，托在暗彩的陶盘与洁白的瓷盘上所呈现的轻重质感，视觉中会有不同的感受。我不想要加上青椒，是因为它使我想到跳棋或红绿灯；但如果这道菜要淋酸乳同吃，或是把青、红、黄各色甜椒修过，切成好看的形状来炒豉汁牛肉片，那青椒的出现确实有衬托的效果。

"适材适所"是我做菜时对颜色的考虑。

在香港吃广东粥,端来的粥,颜色就是"稳",显出它相伴人们生活长久的历史感。但广东粥在台湾商业化之后,大概是顾及消费者会认为蔬菜不足的想法,开始出现了完全不搭调的三色蔬菜(玉米粒、红萝卜丁、绿豌豆)。我每次在街上看到这突兀的三个颜色出现在广东粥上,总觉得不可思议。

顿时,九龙弥敦道上弥敦粥店的各色粥品,把我从思念中唤回,促我走入厨房,拾起一只深锅,淘米起火,炖出一锅好粥。颜色总不离浓白与鱼片或肉的本色,想吃青菜,另外烫或炒一盘,千万不要放入粥中,虽不是老鼠屎,不该有的颜色照样能坏掉一锅粥的雅兴。

Pony在家时,常常做不同国家的料理给我们吃,她做的食物,很少额外装饰,但色彩的变化却极为丰富。

做墨西哥菜时,蓝的盘里盛着黄的食物、红的果汁、绿的酪梨酱,一片热情还未尝到,颜色已先在餐桌上大声嚷嚷道来。有一天,她做松花堂便当给我们当午餐,饭后的甜点是自己煎的迷你铜锣烧,两小片夹着红豆泥的饼托在暗绿方盘的一角,另一端站着玻璃角杯装的冰抹奶茶。我想,她已懂得做菜没有定规，时而喧闹、时而沉稳，只是适材适所、看到食物文化的领悟。

我常与孩子认真交换对食物颜色的看法，虽然只是日常的饮食小事，但谁说当中没有美育的大事呢！色彩，的确鲜明地影响着我的生活心情！

讲究的确是一种心情

我与母亲隔着餐桌畅谈着家事与烹饪之道,早上暖暖的阳光美妙地透过窗纱,筛晒在我那张旧木拼成的宽大餐桌上。

母亲面前摊着一本日文《圣经》,而我的笔记本电脑也已经开机,只因为一个咖啡杯所引起的万般生活趣事,让我们都忘了眼前打算做完的事——母亲想好好读完一个经节,而我打算完成这篇文章。

虽然计划因谈天而耽误了,但我忽然意识到,如果自己还算有资格提笔写一篇关于好好生活的文章,是因为从小到大曾有过无数这种谈话机会,而每日生活的实践,更激发出新的灵感与趣味。

回顾过往岁月,不管我与家人环坐在哪一个家中的餐桌上,我都不得不承认这一生中自己所受过最实用也最美妙的教育,是在餐桌上。

生活在一个急遽变迁的社会中,我从年幼时未曾听过"外食"这两个字,一直到眼见外食取代了多数人的回家用餐。我也从家家户户亲手除旧布新、洗手羹汤的年节，一路走到年菜外送的时代，这让人享受到某些方便，也同时感受到生活质感被破坏的事实。

所幸，每个人都拥有自己生活方式的选择权，所以我仍是那个日日开火做饭的母亲，偶尔外出用餐时，更能感受充满庆祝气氛的欢愉。我也从不拿工作作为不能料理三餐的理由，因为平白损失掉日日可以重复的快乐，只是自己的损失。

所以当我开卷读到史密斯在他的书中写道"一顿在家做的美味佳肴，拥有着可以抚平人心的力量"时，我对自己始终辛勤耕耘的餐桌园地更添爱怜。

思及家中的一日三餐时，我常想，"吃"固然是一种不可思议的享受，但更美的，或许是因为同桌共饭是一种创作活动，创造的魔力会因为经验丰富变得愈来愈容易。

我们可以在每日的餐桌上不停地运用心思，将食物与餐具搭配、组合，用来更新生活的感觉；即使是同一个餐盘上的同一份食物，也可以鼓励自己在放置与装饰上，别具新意。

素材的多寡不是决定丰富的条件，讲究的心情将会发挥出更大的力量。

"好好吃饭"听起来像是母亲对一个稚龄孩子的叮嘱,但是它却简单、完整地说尽了我们都该有的态度——用好好的心情,好好享受大地的赐食与每日的生活。如果用餐的心情可以描绘出生活的力量,就让我们一起来延伸这力量。

PS.

这篇文章是多年前应上善人文基金会之邀所写,当时,我还没有出版第一本书,只为报章杂志写些关于生活与饮食的短文。

五年之后,重看这篇文章特别有感慨,这几年来,我耕耘餐桌的想法完全没变,却多出许多知心的朋友,她们是读者,更重要的是,她们是许多家庭的妻子与母亲。我知道,也看见,由她们所管理与主导的家庭生活,在餐桌的耕耘中已更加温暖美好。

一本旧书，一段联结

回台东的家，我在爸爸的书房看到一本让人好怀念的旧书，从这本书的印刷日期上看来，家里买这本书的时候，我刚好三岁。爸爸当时花一百四十元买的这本精装书，相对于他的薪水来说，应该是一笔好大的花费。

我想了解当时的生活指数，从书房走下楼去问妈妈说："我三岁的时候，一个四口之家如果出去吃一餐饭，要花多少钱？"妈妈笑了，她说："这是无法以外出用餐说清楚的，在那个年代，很少有这样的事情发生。不过，如果你想知道一百四十元的价值，当时一斤猪肉大概是五块钱，一个六口之家，一斤猪肉至少会分两天吃。"

我翻着斑驳泛黄的书页，想起小时候常常坐在榻榻米上，一页页地看着那些图与字。在当时，我根本看不懂日文，也看不懂大部分的汉字，但因为是父母珍爱的书籍吧，我对它就有一种非常喜悦的认识。

长大结婚，成为年轻母亲的时候，台湾的出版业也已经非常发达，儿童的出版物与各种有声教材也蓬勃上市，但不知为什么，书房里大部分的书还是先生与我喜爱的读物，而不是童书。我们跟孩子之间的阅读联结也一如父母所给我的启发：当一个真正喜欢看书、享受阅读、懂得交换心得的父母。我深信自己喜欢阅读是因为父母喜欢看书，而不是因为他们要我阅读。

现在，家里已经没有年幼的孩子了，每天早餐喝咖啡的时候，几乎就是全家人交换看书心得的读书会。每隔一段时间，我与父母相聚时，我们也总是很自然地分享各自最近所阅读的书。

那本如今仍安立我们老家书柜的旧书，使我想起父母年轻时对我们的阅读教养：不是陪伴也不是期待或投资，只是透过自身实现与喜悦所产生的影响；他们直到现在还在求新知，还在培养自己。

旧事件件都只剩温柔

回曼谷的前一晚，因为还有很多工作没做完，只简单收拾了一下行李，隔天一早为了避开七点往机场的壅塞，我们决定早一点出门。

Eric检查完门窗后，看我又急急转回屋里，忙问我忘了什么。我把从Pony房里带出来的小熊从手中举起的时候，他笑了，问我说："也要带Pookie去吗？"我点点头说："Pony不能去，Pookie代她去。别忘了它跟我们在曼谷住了好多年呢！"

Abby和Pony从小不大有玩偶，尤其因为Pony有些过敏，每天早上起床光为了对付那扰人的鼻子，总先在床边用面纸包十来个"水饺"再说。所以，在她们小的时候，如果有人送了毛绒玩具当礼物，我总是很快就转送给体质适合的小朋友。只有Pookie不知道为什么一直留在家里。有一天，我心血来潮顺手给它做了一条小尿裤穿了起来，大家愈来愈喜欢穿着帮宝适的Pookie。

到曼谷后，我从行李箱里拎出Pookie，让它像平常一样坐在床上。Abby从隔壁相通的房里走过来一看，忍不住咯咯地笑了起来。

那一笑，把曼谷的几年岁月全唤到眼前来了。好像因为这只小小熊、因为所有熟悉的景物就围在身边，我们打包已久的怀念便一阵阵从心里走出来，弥漫成咫尺之间的气息感受。

Abby已经有六年没有回到曼谷，也许曼谷真正的改变比不上她对于生活领悟的成长。逝者如斯，不舍昼夜，属于曼谷、那些我所熟悉的颜色、情调、温柔，有些已随着时间的前进而消逝了，有些则依然如故。不过，永远留着的，是我记忆中那些为母则强的日子。

那几天，与Abby并肩走在曼谷熟悉的街道上，我忍不住好几次转身去看看她，在恍惚的刹那间，时间仿佛曾为我们刻意停留。

我看到了那个初抵曼谷、陌生紧张的小学生。

我看到穿着天蓝泰丝高腰小礼服、背着小提琴与我穿过马路的初中生。

我也看到长发挽起，高挑身材，在黄昏下校车，从阿苏路走回家的高中生。

为母则强是孩子幼时的担当，在回忆之中的母亲，旧事件件都只剩温柔。

给孩子留住粉蓝的回忆

怎么为孩子留下成长的纪念？大家聊起这个主题时，我不禁想起Abby与Pony也是小小孩的时候。

家里有只小熊是Pony出生时在床边陪伴她的音乐熊，熊熊肚子里有个音乐钟，唱的是大家耳熟能详的摇篮曲。刚出生的Pony总是乖乖地趴在床上睡，熊熊也就乖乖地趴在她的身边叮叮咚咚唱。

熊熊曾经有一度已经脏了，但外婆把整只熊都拆开，一片片拿去洗过之后又一针一针完整缝上。现在它还躺在Pony离家上学后的床上。

孩子们小时候所有的衣物、读物、玩具与用品，我都好好爱惜，用完后就转送给朋友，独独留住蓝色音乐小熊和Pookie。

不过，我还保留了一样很棒的东西——蓝色与白色。从出生到成年，孩子的房间在每个阶段的功能多少会改变。Pony的睡房在二十年里已改了四次，但是每一次都保留她出生时白色与粉蓝色的基调。现在她的房间很简单,只有婴儿蓝的泰丝落地窗帘映出的光,照在蓝白草花的床罩上。

床罩上还是熊熊守候着那个甜美的婴儿梦。但小主人已远去他乡。

食物是爱的表达，爱的接受

好的问题让回答的人有延伸的自在，这篇文章让我可以针对食物的情感侃侃而谈，是因为提问的嘉馨给了我很好的方向与很大的空间。

"Food as Love"

每次有读者拿《厨房之歌》给我签名的时候，我就在书上先写下这句话；对我来说，确是如此，食物是爱，是爱的表达，爱的接受；是我用来谱写生活情歌的音符。

1.食物之于你的意义是什么？

对我来说，食物除了提供温饱与味觉的享受之外，更重要的是，它是我传递情感与完成创意的接口。

从小，工作非常忙碌的母亲费尽心思做出食物以存留她对我们的爱与照顾，所以，我养成了一种敏感，在享受一份食物的同时，也会解读它背后的关心与人力付出。我一直能从食物中领受爱，不只是亲人或朋友所给，即使是一份商业的供应，我还是能读到超越味觉之外的更多感受。

直到我长到可以参与母亲的烹饪工作时，我发现自己跟食物已经建立起多重、密切的关系。对我来说，食物关联的是一种最独立、可以不断反复的创作活动；它可大可小，让我那天马行空的思想得以任意驰骋。虽然从社会性的角度来说，我十分内向，但在食物的世界里，我却是一个大胆自在、海阔天空的悠游者。

当然，食物永远不只是食材与美味而已，从小到大，我与食谱、食器就有着深厚的情感，可以说，它们是我情感的寄托。我从不嫌重，永远带着器物天涯海角各处去。不管我在哪里安家，因为有了这些与我共同成长的器物与书籍，还有自己可以不断创作的食物，我就永远可以感受生活的面面丰足。

2.如何定义美食？记忆中最美味的一餐？

把素材用心调制并用心享用就是美食。

我无法想出怎么样的一餐对我来说是"最美味"的，但的确有过许多不同情感、记忆永新的用餐经验。

有时候，那美味的感觉是因为绝对的饥饿；有时候只是因为非常喜爱的亲人友朋相聚，就使食物存留的味道令人难忘；也有几次，当气氛、环境、食物都调配得如此温和恰当之时，我的脑中就存下了永久的记忆。

3.曾受到哪些饮食文学或厨师的启发？

我几乎从小开始就习惯在阅读中去寻找文学与饮食的情感。不一定是读正面书写食物的文章，我更爱从字里行间、蛛丝马迹的描述，去拼凑作者的生活图像。

读梁实秋先生描写他中学寄宿回家前，会先去馆子打牙祭，我对那种心情与他特别怀念的菜色很感兴趣；读鲁迅的散文那天，放下书我立刻动手去做"秋油鲈鱼饭"；读张爱玲用"宽""窄"来形容面与汤的关系，我会在她的文字世界里领会到空间与食物的意象。又如读向田邦子描述她一个人去吃大餐时，店家对她的评语，或Art Smith回忆保姆为他做饭时的对谈，以及读林太乙小说里的食物描写所延续的家族深

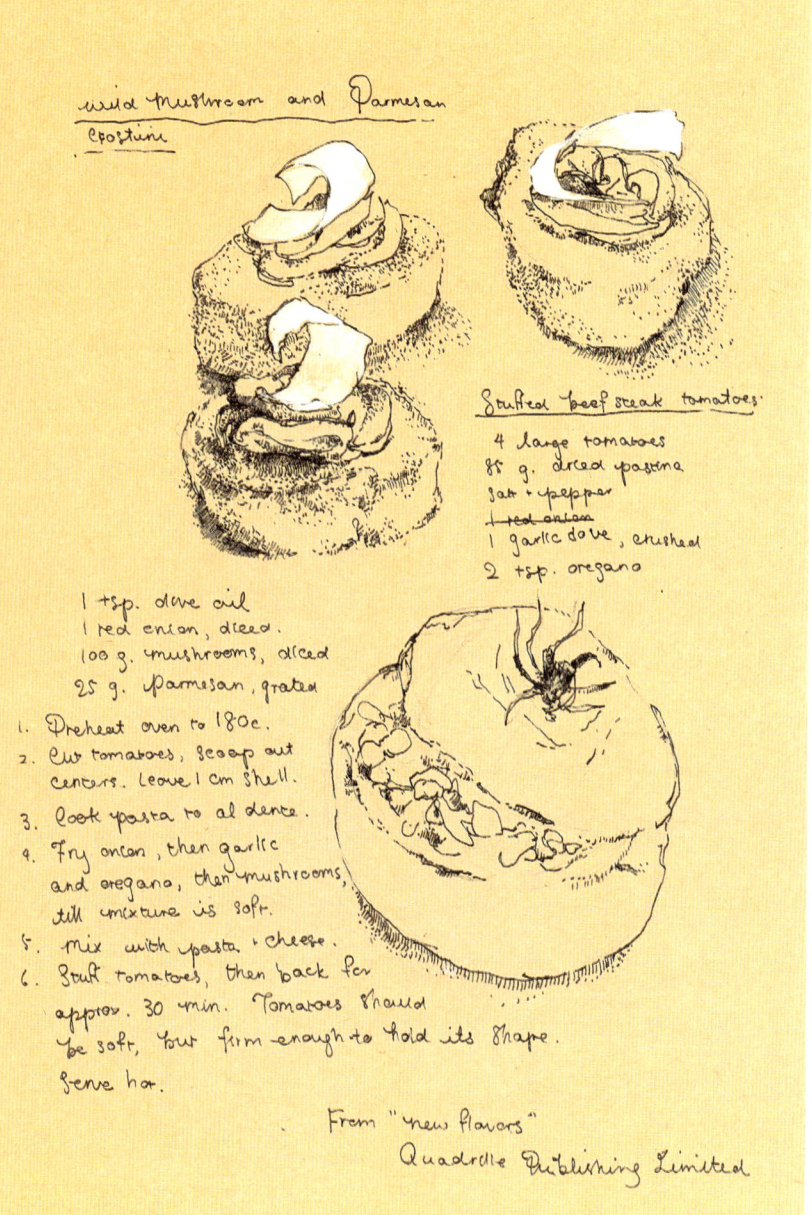

Wild Mushroom and Parmesan Crostini

Stuffed beef steak tomatoes:

4 large tomatoes
85 g. diced pancetta
salt + pepper
~~1 red onion~~
1 garlic clove, crushed
2 tsp. oregano

1 tsp. olive oil
1 red onion, diced
100 g. mushrooms, diced
25 g. Parmesan, grated

1. Preheat oven to 180°C.
2. Cut tomatoes, scoop out centers. Leave 1 cm shell.
3. Cook pasta to al dente.
4. Fry onion, then garlic and oregano, then mushrooms, till mixture is soft.
5. Mix with pasta + cheese.
6. Stuff tomatoes, then back for approx. 30 min. Tomatoes should be soft, but firm enough to hold its shape. Serve hot.

From "new flavors"
Quadrille Publishing Limited

情，都让人自然而然地就能联结文学与饮食的脉络。连读杨绛先生的《我们仨》，我也从她笔下那壶红茶的描述，读到她与钱锺书先生相知相惜的夫妻深情；在她的小说《干校六记》里也搜寻得到两人深藏在一餐里的无言之意。

至于从厨师所得的启发，对我影响最大的，应该是日本帝国饭店的"厨房之父"村上信夫先生。他对于烹饪的爱与真情，以及六十年来在饮食世界的执着与努力，除了深受感动之外，也启发我的努力。

4.你和食物之间的关系？食物为你的人际关系带来什么样的变化？食物对你的人生产生了什么样的影响？

我与食物最紧密的关系并不只在品尝美味，更重要的互动，是在温故知新的不断创作之中。如果只当一个懂得品尝的美食家，我想我是无法感到完全满足的。食物帮助我呈现对生活的各种想法，所以，二十年来，我无法放弃对餐饮经营的爱，其中最重要的理由，就是它提供了我诉说心情的伸展空间。

因为食物，我才能一直保持与人际有足够的互动，否则，我想我会是一个更隐秘的人。在我出版第二本书的时候，我的编辑曾在新书演讲后对我说过一句我完全了解的观察，她说，当读者问起食物的问题时，我在台上的表情瞬间放松了，他们看到我谈得多么愉快，一点都不像往常的紧张。

的确，当我穿起围裙、站在厨房时，不管在哪里，我都有天地自由的感觉。

5.最享受食物带给你的什么（实际面，如：阅读食谱、准备食材、料理、品尝；抽象面，如：情绪的抚慰、情感的传递、文化的探险）？

我非常享受食物提供给我一种"设计"的感觉与创作的机会，虽然我的所学与设计无关，但是，我与食物相关的活动，却的的确确就是一种设计的呈现。借由用餐空间的设计、食物与餐具的呈现设计，表达我对生活的想法，期待在无言的美味相遇中，寻找到生活的知己。

当然，阅读食谱是我日常的活动。我每个月固定要读几本来自不同国家的期刊，不只阅读，我也努力实作，在食物的世界里以行动、分享与他人沟通，一样可以在无言中达到生活文化的交流。

6.你为食物做过最疯狂、最极致的事是什么？

我的疯狂大概是经常性的，读食谱读到半夜，因为太兴奋而无法入眠，我不能抗拒厨房对我的吸引、不能让启发只停留在脑中，所以我常常半夜从被窝中溜下床来做菜。

我先生当然无法幸免于这种干扰，但他非常包容我，有一次只告诉我说，他觉得如果我病得很重，他相信只要把我背到一个很大的餐具店或市场里去，我应该马上会变得生龙活虎。

7.你个人有哪些市场、餐桌、厨房上的规矩原则？

我很少为任何事设限，所以对市场、餐桌或厨房都没有所谓的规矩。如果有一些已经成为特点的风格，那毋宁说是因为喜欢而养成的习惯，比如说清洁的自我要求或对抹布的喜爱。

我唯一不喜欢的，是跟对食物过度讲究、脑中充满严格知识的人一起用餐或谈论美食。每当有人说他"非"什么什么不吃的时候，我觉得十分遗憾、难过。对食物能选取到什么等级，是与每个人的经济条件有关的，这些并不需要当成标准来示人。享受美食的基本是好的心情、好的礼貌；为他人设想也是这些心情的基础之一。

我非常喜欢逛市场，每到异国或陌生地，总会想尽办法去看看当地人赖以生活的市场。不可否认，现在的市场不再像从前那么有趣了，因为极致发展的商业影响使不同市场的同构型愈来愈高，渐渐无法从市场探得独特的当地精彩。不过，我还是会靠着自己的敏锐去寻找有趣的摊贩。

8.对你来说，最有疗愈功效的食物、料理、餐厅是什么？

最能抚慰我的食物，是我为家人动手做的料理，我从给家人做的一餐饭当中往往得到更多的情绪抚慰。现在，因为两个女儿都长大了，我也常享受她们为我们精心制作的一餐。我用开放的心与她们做饮食的对谈，我很乐意吸收她们在不同生活文化成长中所融会的饮食回馈，它慢慢成了我们家的饮食文化。

拜访每一家餐厅时，我不只为食物，也为珍惜经营者放置其中的诸多心意，因为自己的餐饮经验，我可能比一般消费者更能了解主人的寄情所在，我很容易原谅餐厅的缺失，因为那是经营者梦之外的角落。

而我喜欢的餐厅，只是美好沉稳、服务员能给我亲切服务、其他消费者共同贡献安静的地方。

PS.
本篇是给《美丽佳人》的采访稿

The moment on the diving board is always the worst. Your friends watch you from the side, your coach anticipates that you will finally learn how to dive after the twentieth try,

and your toes hang off the tip as you imagine the impact of water against your skin. But what you fear most is the moment you straighten your legs and turn yourself into a projectile, it will all be too late. Your belly is first to meet the water. And thinking about all this, makes you want to turn around, climb down the board and sit safely on the sun-warmed bleachers.

留一首诗在你口袋

我和孩子一起读诗读了好几年,选择读诗并没有特别的用意,只是觉得诗歌本身的美难以抗拒。如今孩子都大了,我们仍会在生活中分享各自读到的诗歌或如歌一般、触动心思的文章。我发现,我们的分享中最常透露的讯息是:"很美呵?"——一种期待对方也了解的问句。

这首小诗说的不过是,我们要把生活中许多美好的元素放在心里,有一天,我们会需要这种感觉。我想和正在寻找生活之美的你分享这首诗,也祝福有一天,当需要促你探向内心时,你的口袋里已有满满的力量。

留一首诗在你的口袋
和一幅画在你的脑中
你将不感到寂寞
在夜晚独眠的床上

小小的诗会对你歌唱
小小的画带来美梦

它们为你起舞翩翩

在你夜晚独眠的床上

所以

留一幅画在你的口袋

和一首诗在脑中

你将永不寂寞

在夜晚独眠的床上

keep a poem in your pocket

And a picture in your head

And you'll never feel lonely

At night when you're in bed.

The little poem will sing to you

The little picture will bring to you

A dozen dreams to dance to you

At night when you're in bed.

So —

Keep a picture in your pocket

And a poem in your head

And you'll never feel lonely

At night when you're in bed.

因为找不到出版的中文翻译,只好用我们家自己的版本,如有错误之处,请分享更好的译法,谢谢!

We used to have an anthology of poems that my mother would read to us, and sometimes make us memorize. The book is stuffed between others now, and we have not opened it for a while.

But not long ago a friend of mine showed me this poem. He was excited as a child who just discovered a new treasure trove.

A-h, For me it was meeting an old friend. Someone who accompanied my mother and I on those afternoons of poetry.

"If you can make one heap of all your winnings,
And risk it on one turn of pitch and toss,
And lose, and start again at your beginnings
And never breathe a word about your loss..."

- If, by Rudyard Kipling

- 读 书 日 记 -

　　为什么一个字就可以如此迷人？

　　为什么一个字串着一个字，就可以展演一幕又一幕的景色与风光、一段又一段的故事与情感？

　　为什么在一本本书之间，我就比任何时候都更能了解天地的宽、日月的长？

　　当心思可以在页面之间走动、在文句之间徘徊，那真是富足无忧、无与伦比的一天！

今天也要用心过生活

二

菜市场的哲学家

为了亲自选购店里的食材,所以我每天得比开店的时间早两个小时开始工作,不过,菜市场里有很多好玩的事,所以算不上特别辛苦。

无论走到哪个菜市场,我都很难远离那种对别人买什么比自己要买什么还关心的人,所以,我常被询问"为什么要买那么多?"或"为什么那么贵还要买?"或"真的有那么好吃吗?"或"这些东西你都怎么煮?"这一类的问题。我因为怕从一个问题再引起另一个问题,所以常常回答得畏畏缩缩的,有时候被逼到对话的胡同死巷了,也只好老实招来,说着自己似乎也怀疑它是否存在的答案:"我有一家小餐厅。"

不得了,当下就引来一场由上而下的扫描。起先,面前的询问者露出了惊讶之情,好似自己的眼睛先前是被什么蒙到了,接着,他们不可置信地称赞道:"怎么这么棒!"那口气真让人脸红,恨不得下次就背个锅子出来买菜,一遇到有人怀疑时能立刻架炉起镬,好让他们验明正身。

去市场的时候最容易感受到竞争,连挑番茄都很紧张。几个月来，番茄的价钱居高不下，贵是贵，却不见得美，所以我要好好选，否则色拉摆起来就不够新鲜好看。

每次我一靠近，开始认真挑选时，慢慢就围来对手。平常我挑东西很快，但遇到别人也要选的时候就不好意思太急，总觉得要有所顾虑才对；至于顾虑什么，我也说不上来，似乎动作太快了，就像在抢。虽然我并不年轻，但因为现在的年轻人很少上传统市场了，所以我的年龄在菜市场还算吃香。那些围过来的女士看来都是前辈，所以，我意识到顾忌所代表的礼貌。

就在我迟迟疑疑的动作间，好几只手在一大盘美丑不一的番茄里进进出出，气氛突然默默升高了，好像每一个你想要的，也同时有人正虎视眈眈地等着行动。在沉默无言中努力过一阵后，我终于拿够了我要的量，起身去找老板结账。一回头，却看到刚刚还跟我暗潮汹涌地挑拣美番茄的前辈，竟一股脑儿把番茄全又倒回盘里，自言自语地说："啊！太贵了，还是不要买了吧！"唉，我真后悔刚才的一番谦让。原来，市场里的确是有一些经验丰富的生活游戏家。

不只有游戏家，市场里也有哲学家。摊上会讲人生大小道理的高手还真不少，如果不懂什么叫"信手拈来"，去市场听听就知道。

我去买一点家里吃的米粉，精神十足的老板娘问我："几个人吃？"我奇怪她为什么不是问我要买多少，她说："你只要告诉我几个人吃，我自然会帮你算得好好的。东西买多了，吃剩下放在冰箱不好，剩什么东西都不好。"然后她对我神秘一笑，怕漏掉人生最高机密一般地压低声音交代我说："只有钱，多剩一点没关系。"

买完米粉我去拿虾。店里都用活虾，又因为需要的数量庞大，所以如果不提前订，虾贩通常没有备货。

有一晚，我忙完工作后才打电话订虾。那卖虾的年轻人显然是被吵醒的，我觉得非常不好意思，不知以后该多早订货才不会打搅他的作息。见面的时候，我征询他方便的时间，没想到他回答我说："你可以发短信啊！因为我是年轻人。"这下我可尴尬了，只好老实地回答说："对不起，但是我不会发短信，因为我比你老很多。"他开朗地安慰我说："没关系！学学就会了啦。"

想想也对，看起来不像会做菜也就罢了，如果连短信都学不会，到底我要怎么在三峡悠游自在地生活？

I like the way butcher stalls are set up here in Taiwan... not a single part of the animal is wasted.
Once I found my grandma braising a pot of pork skin, the transparent sheets tinted brown with soy sauce. Some pieces still bore the red ink that were used to mark the pigs. The butcher had taken time to trim off all fat, and even flamed the skin surface to remove bits of hair.

That night my grandpa rolled pieces of braised skin and spring onions into little brown cigars, and I watched him savor each bite, as if

生活真正的质地

花见小路上的太阳还没有下山,但等着开始晚餐营业的料亭已静默地在准备中。从甜点茶屋OKU往小巷走时,我一眼瞥见一家料亭的后门晾着几条抹布。那洁白的旧布映在一尘不染的木条门上,让我内心泛起了一阵感动!

好几年前,我写过一篇叫"抹布颂"的短文。此后外出演讲时,有些妈妈读者会问我:Bubu姐真的会"烫抹布"吗?

当然是真的,尤其是擦手和垫餐具的抹布更是非烫不可。看着那因此而张开平整的纤维布面,让人因此对生活的小事产生一种单纯的怜爱。也许是因为善待了生活中原本最卑微的清扫工具,因此对生活中更多的事物,都有新的掌握与信心。

一方抹布是厨房里的见微知著,我爱抹布的心情因此糅合了多重的感情。

当我看到这几条披挂在风与阳光下、质料不同的抹布时,似乎同时读到了一种合情合理的生活心情。

那白，是珍惜与爱美的心所致；那已经微微磨损的边角，显露了生活真正的质地。

在我站立花见小路的一小段时间中，虽然那木门始终没有被拉开过，不过，我大概可以从随风飘荡的抹布中，想象那扇门之后的条理与景致。

好一幅人间生活画

在一个不经意的午后,我发现了Chiratorn的画室。

那天在Hilton用完餐后,顺便绕到左边的拱道去走走。一家设计简单的门面吸引了我的目光。从橱窗望去,一座落地人形衣架上穿着一袭别有风味的泰丝晚装。是服装店吧!我心里想。

橱窗里映出一张和善的脸孔笑着招呼我进去,后来才知是Chiratorn本人。

一进门,不远处的大长桌围坐着两位女士和一个俊秀的小男孩。我一眼就看到桌上的透明缸里插着一大束植物,花红叶绿,在色彩单纯的内室和原木大桌的烘托下,突显的热带风情,独特而艳丽。

我抬头发现室内虽然不大,却有清凉的感觉;原来,屋梁挑得很高很高。只有灰白两色的墙上挂着一幅幅大小不一、都已完框的画。有的看起来像孩子的笔触,有的又十分成熟。是画廊吗?我又在心里猜想。

沿室内一绕，这才惊讶地发现，那两位一派悠闲的女士竟然都在画画。画纸上已然成形的红花绿叶，不就是缸里吐艳的红嘴鹦哥吗？一时间，我完全被眼前的景致感动了。

——生活不就是这样吗？

——艺术在生活里不就是这样吗？

午后这个悠闲安静的购物空间，只闻音乐轻轻流动，没有漫谈、没有杂音。我恬然安静地欣赏着一个小男孩傍着母亲安详学习的人间生活画。

曼谷小摊的生活智慧

黄昏的朱拉隆功路永远塞车。我决定舍弃出租车，从饭店走到公交站去。

这是一条非常旧的道路，两旁有很多泰国传统的工艺品店、银器店与定做衣服的裁缝店，还有一些路边的小点心摊，卖着辣椒炸鱼饼、串在长竹签上的一整条鱼或现切的青木瓜丝。有时候还会有一整车的酥炸"虫虫"，像蟋蟀、蚱蜢之类的田野小虫。

不管大家用什么样的眼光来看泰国人或曼谷这个城市，对我来说，"有趣"是我最强烈的感受。这或许跟自己好奇的性情有关，但并不一定要力荐给任何人。

我是一个从台南的东区走到西区也会有出国感觉的人，只因为发现了一些很不一样的生活方式，心里就有"见识到了"的兴奋。

看到这个摊子的时候，我站了很久，心里很感动这聪明的"烤法"。在没有方便工具的发明之前，人们是多么愿意为生活动脑筋，也许被看成落后的曼谷小摊，让我重见到"想方设法"有多重要。

虽然我有一个不算小的厨房，但是我限制自己不买各种各样的小家电。因为它们占掉一个家庭过多的空间，而且只用来做一种料理。仔细想一想，功能愈特别的器具，其实我们用的机会就愈少。即使有人送我煮蛋器、三角烤面包机这类小家电，我转手就会送给想要的人。我的一只锅就可以做很多事，不能为了一种用途就买一个器具。

东西便宜不是我允许自己可以随意拥有它的理由，功能与需要才是我的设想点。省四五样东西的钱去买一个对我真正有用的东西，是我花钱的方法。一旦买了，就好好用、常常用。

这个鸡蛋糕的烤法让我想起小时候，在大环境没有那么多工具的时代，多数母亲会想方法为孩子变些吃食的新花样。而现在，如果没有为美食量身定做的工具，我们就觉得没有办法了，许多人的家里因此而堆满各种各样的新奇器具。

现在早餐店卖的Pancake，小时候母亲就教我自己煎，因为不用油所以很安全，而我为了不想烧焦，学会了小心翼翼地注意火与加热的关系。自己做的Pancake因为没有添加任何蓬松剂，完全留住蛋香，真是好吃！

我曾在书中告诉大家，在厨房中最不需自我设限，如果没有打蛋器，用绑在一起的一把筷子也可以取代，如果临时找不到适合的锅盖，一只大小可用的盘子或另一只锅子抓起来就用。

回想物质简约的时代，我们会为了生活需要与更多的乐趣，逼着自己的智慧忙个不停。过多的工具难免限制了我们的创意。

流连十六巷

我们曾经在曼谷住过五个有趣的地方,最后从最有名的塞车大道素坤逸路上的十六巷,离开天使之城。这条巷子的一侧有很多大楼住宅,另一侧与阿苏路平行的一面又有很多办公大楼,所以巷子里因着两种日常需要而发展出几家环境不错的餐厅。

这次我们回十六巷,是想去看看Kuppa Café还在不在。流连在巷子里的时候,看到附近又新开了另一家日本餐厅,所以隔天中午,忍不住又回了一次十六巷。走在这条不知走过多少次的路上,回忆与当下的感触交错相涌而上。

住在十六巷的时候,我们如果能不开车就尽量不开车,但从家里走去公交站说起来也有一小段距离。有趣的是,大楼有自己的嘟嘟车(泰国三轮车),随时可以送住户往返巷子,非常好玩。这是住在曼谷与其他地方完全不同的一面。

我很喜欢曼谷每一家咖啡厅都有自己的想法,"创作"在商业行为中很自然地流露出性格,店家努力标示的是自己与别人的不同,而不是同质的模仿,所以带给消费者更多样的愉快。

在这个城市里，喝咖啡同时还可以吃到许多别致的食物，不是只有三明治和蛋糕。如果去了一家漂亮的咖啡厅，我们全家最喜欢的午餐，是泰式烤肉配青木瓜色拉和糯米饭。

Kuppa Café的空间非常漂亮，大型的烘豆机架立在挑空的一整边，非常时髦，把泰国味与时尚感做了完美的结合。可喜的是，这种能力不只表现在空间里，更表现在菜单的设计与制作上。

走在十六巷，除了Kuppa Café的鲜明印象之外，有些地方我已经完全不记得之前的样子了。也许当时在我们进出巷子的时候，它是被满园的绿树遮挡起来，所以从来也没有注意过它的存在。但如今，巷中出现了一家雅致的日式餐厅。

虽然服务人员穿的是和服，但餐桌上除了日式餐厅惯用的现递湿巾外，餐盘上还同时摆着西式餐巾。也许是所有的颜色都简单，所以并不觉得这和洋食风有混而不搭的尴尬。

我们点了一个Wabameshi和一个烧物的套餐，味道很好。

离开前，我去看冰柜里的食物，赫然发现一块正在退冰的旗鱼就摆在一旁。一定是我马上就露出讶异的表情，主厨先生连忙笑着对我说："是石头。"我的近视与老花眼都严重，但在灯光下，那石块的确像生鱼。

Copy of an 18th century Kiyonaga woodblock print, depicting women going to the city. It always amazed me how such simple and solid linework can ~~convey~~ appropriately convey the grace of Japanese women.

A kimono's beauty is not limited to its textile of craft; it also depends heavily on the wearer's presence.

主厨先生很亲切，我们简单地聊了一下。在谈话中，他的两位助手一直默默地在忙着准备工作，灯下喜见他们的白萝卜丝还是以手工旋片再折叠切丝，而不是以工具来取代。料理人不放弃基本功的练习，是职人对自己工作的爱与敬。

在本国之外，日本料理一直往时尚风与创意料理的方向发展。传统的菜单与空间慢慢消失在新思维里。没想到再回到十六巷时，我能回想起二十年前，在那须盐原一家乡间小店所尝到的Wabameshi的滋味。

人间寻遍且归耕

去过清迈的许多人辗转传述着他们的清迈印象及游后心得,我听到的多半是打高尔夫球或参加泼水节的经验。虽然从曼谷飞往清迈不过是一个小时的航程,但卜居曼谷四年,清迈对我来说仍是个陌生的城市。

五月前后,母亲来曼谷小住,我知道她一直想去清迈走走,于是利用了孩子们的三天连假,偕母携女,一起到清迈度了个三代同堂的心灵沐浴之旅。

清晨的第一班泰航,是一架机身画有皇家龙船的747机型,顺风一路把我们从曼谷送往清迈。清迈机场虽是国际机场,但小而简朴;除了白金两色的纸灯笼和原住民风格的木刻之外,我还无法捕捉更具体的清迈风情。直到车过市区,一路奔往三十分钟车程之外的眉林谷,在饭店大厅前下车后,才从眼景和嗅闻中感受到许许多多的不同。

说是大厅,其实是一个原木大凉亭。着牙白泰丝衣裤的工作人员亲切地前来相迎,她们欠身与我们深深行合十礼,并为我们每人戴上一串茉莉花苞长链,随之而来的,是一杯盛在粗陶高杯里的香酿果露。柜台人员办理住房手续时，一位神清气爽的督导走来为我们介绍整个饭店的分布。他领我们走出大厅的一壁复思墙，整个错落在山谷中的饭店，顿时展现在眼前。

一屏之隔，桃园尽现，伴随着时光是否倒流的阵阵轻疑与惊喜。最远处接连着天与云的，是一笔墨绿掺灰蓝的低峦，峦边一幢幢木色戴尖塔帽的房舍，远远近近环绕前厅而来，原色原味地与山和树同唱着协调的无言之歌。

绵延的房舍之间是一片宽阔的水田，田中牛只在耕作，宽衣宽裤的农人依依相伴。人间寻遍且归耕！人间寻遍且归耕。辛弃疾落笔写下的，莫非是这样的领悟；而韩愈送李愿归盘谷之时，心中勾勒的是否也是眼前这么一幅乐且无央、值得终身徜徉的隐士归山图呢？

被不停周行在饭店各处的小车送达房间时，惊艳的感觉又多加了几重。从矮花夹道的小径去开那扇暂属于自己的木门时，竟有一种回家的感觉，只是不知门内将有什么样的惊喜来相迎。门启处，一幅柔和的室景映着原木的香气慢慢开展而来，一扇木框大窗直接剪裁了园中雨后新绿的一隅，挂在墙上。厚重的柚木床、柚木椅、看书床，全都用清迈式的米白厚茧布取材；秋香、古铜、暗橙色的软靠垫，则温顺地依偎在各式家具之上，柔美、简洁、雅致，传达了泰国人对朴素美的一贯品味。

一切的惊喜直等到进入浴室才落下句点。早先一进门就感到房间的一侧透着天光，进了内室，才发现宽敞的更衣室之后有一个包在柚木里的大浴缸，浴缸的三面都被高挂着竹帘的玻璃墙围了起来，玻璃墙之外是一片绿叶丛生的小花园，围墙上有古色的木刻陪伴着攀缘而上的藤与叶。躺在浴缸里，白天看到的是闲逛在天空的云，夜里看到的是满天细语的星和月。生活里最快慰的事，仿佛就该是这样无言地陪伴着山风、雨露、星光，不问世事地过下去。

在房中轻歇了一会儿，有人敲门；孩子去开门时，我看到门启处亭亭站了一位笑容满面的清迈姑娘，布衣布鞋，手挽着满满一大篮新鲜的红毛丹，她用英文柔声问道："能不能给你们一些尝尝味道？"然后在小桌上的叶形长盘里放了满满一盘刺状的果粒，我对这个饭店的一切用语和人情剪影，愈来愈感到喜悦。

在户外的私人小凉亭吃完水果、喝完茶之后，我邀母亲到外面走走，孩子们早已自己寻到别致的公用书房去下棋、看书、借唱片了，而我们只想尽情呼吸这绝尘灵境里的每一分芳香和每一片新绿。

沿饭店外围慢慢走一圈大概费时两三个小时，小径旁的草地上到处有吸引人的小趣味：一只在矮树丛里若隐若现的木刻小象或是陶瓷水缸里配色好看的落花集锦。风吹来的时候，叶浪自远而近的沙沙声，是散步时绝美的背景音乐。看着每一栋都不甚相似的独立木楼有一种非常坚实的感觉，这嘈嘈嚷嚷的尘世里，竟有一处这般质朴的房舍，把所有的现代舒适都只巧妙地隐藏在内室，外屋和大自然直接对话，顺从着该有的颜色与容貌，不见一丝逾越或对立。

妈妈对我说："看到这些山、这些房子与绿意，让我觉得好放松，哪里都不想去了。"妈妈说得对，这是一个适合用心来感觉的旅行。"起居无时，唯适之安"，就让我们过过隐士的田园之乐吧！不必把旅行的每一分钟都用行程来填满充实。

很快，我发现了幽雅古朴的建筑和野花上空的蓝天白云不是此处唯一的享受，连用餐也别有情趣。夜幕还未尽放之际，水田边和门前的火把都已支支燃起，一组娴静的乐者坐在露台上弹奏着传统乐曲，乐音随风断续飘向各处；梯田状的泳池接在水田上方，散发着幽暗中唯一大面积的蓝光，水波映着乐声起伏，一样幽微、一样妙曼。在这样的景致里静静享受一餐北方式的泰国料理，更能体会清迈风情。

Nephelium lappaceum.
Native to malaysia. closely
related to lychee and longan. peelable
skin with fleshy fruit inside. single seed.

"Rambut" means hair in Malaysian.
what a fitting name for this hairy fruit!

早餐我们选择了在户外用餐，桌边栏杆外的绿蕉因风而婆娑起舞，远山烟笼雾锁，是清迈多变的气象典型。各式的食物沿鱼池走道趣味地摆设开来，我一边吃着新煎的什锦蛋卷，一边和母亲闲话家常。

孩子们突然轻喊着："牛！"接着央求，"妈妈，可以下去看牛吗？"我望向亭下的斜坡，原来是三只牛上工前出来散步，还是那些宽衣宽裤戴大斗笠的农人牵着它们。农夫微微笑着，静默地伴着自己的牛只慢慢走。虽是饭店中特别的设计，但是并没有布景的矫揉造作之感，走过这一段，他们就真的下田去了。

在一旁看着这一幕时，我还看到让人欣喜的另一组功臣——投宿客人的素养。每个放下早餐去看牛的游客，都轻轻向牵牛的农人点头致意，想摸摸牛的人也都客气地用眼神探问，等待允许的笑容。大家似乎都非常尊重这个山谷的寂静之美，即使是带着小小孩的父母也都轻言细语，为彼此的宁静投注真诚的关怀与尊重。

离开眉林谷时，除了行李，我们还打包了一身的轻灵与不舍。挥别时清迈已是夜色四合，饭店的旅行车迎着山风把我们送往机场。我对母亲说："这次的旅行美妙极了，只可惜有些地方没能带她去走走。"母亲说："这已经是最好的了,更何况下次我们还要再来。"是的,我想,我一定会想念眉林谷的风、眉林谷的月,还有那个时人或许还不知处的沃洲土。

在放手的功课里，多留信任与祝福

离开费城的早上，机场的工作人员看起来非常开心。她先检查Pony的护照，看着照片轻快地说："漂亮！"然后再翻Eric的，抬眼对他说："英俊！"轮到我了，我送上护照时忍不住问道："那我如何呢？"她不慌不忙地盯着我，几秒钟之后，像宣布案情似的开口说："美丽！"然后我们一起开心地笑了起来。尽管一家都不是俊男美女，但受用地感染了她愉快的心情。

离开费城，我们往北飞行一个小时又十分钟，抵达罗得岛的首府帕维敦思。这个小城安静简单，让我想起孩子第一次参加暑期夏令营的瑞士小城卢加诺。

一个多月前，跟Pony一起在网上订饭店的时候，我没有心思多想旅游的事。当Pony找了一些信息问我这里、那里好吗，我也只是简单地跟她讨论一下就决定了。不过，我们的运气似乎很不错，住进的饭店有浓厚的东岸气息，饭店古老典雅，三个人住的小套房，空间的安排十分有趣。

太阳下山的时候，我们走过几条街，到夹道两侧都是意大利餐厅的Federa Hill用餐，晚餐之后走回饭店时大约是九点，但见整个城区都已悄然休息。看来，这里的人生活的确很简单。

隔天，Eric与我仍是黎明即起。梳洗之后，我们去看还在熟睡的Pony，帮她把窗帘都拉紧，然后出门去散步。从饭店走过三条街，跨过河就是Risd的校区。校区散在整片的山坡上，Pony即将在这里展开她的大学生活，寻找属于自己人生更明确的道路。

但愿她健康安全地在此成长，但愿她时时感谢能在不同环境受教育的机会，也愿我在放手的功课里，多留信任与祝福。

新港，月光下

如果不是Pony来罗得岛念书，也许这一辈子我都不可能会拜访Newport。

人生有些际遇似乎如此，发生的事虽不曾在预料中，但也并非陌生到完全没联结的线索；"新港"对我来说，就是这么奇妙的一个地方。

从抵达Providence之后，我脑中就一直浮现一部老电影：1994年发行的《纯真年代》。虽然这部电影的主要场景是十九世纪的纽约、波士顿，但我隐约记得，片中也有一个场景是在Newport。

《纯真年代》上演那年，我在电影院中看过，片中Enya重唱的一首老歌"Marble Halls"虽然只安排在一个过场，但我非常喜欢那个片刻与配乐。

这部电影在Abby高二那年又成为我们家热门的话题。因为课堂上在讨论Edith Wharton的作品，Abby迷上了这本小说，所以我告诉她以前自己看这部片子的感想。她非常想看，但我们却租不到这部片子。

Eric是女儿奴，孩子想看，他便心心念念。只要出门一看到有卖影片的店，无论如何都要进去问问。几个月后，终于在新加坡让他买到香港发行的VCD，以圆Abby读完小说欣赏电影的美梦。

这两天，Pony已正式上课。我们也以Providence为据点，当天往返去拜访附近的城市。昨天一早，我们搭巴士到Newport去。出门前，我上网找到电影的片段，的确其中有一段故事场景在新港。虽然不知道电影是否在当地取镜，但新港的幽静与美却大大出乎我的预想。

抵达新港后，我们搭各线的电车到处去。古迹保留的老房子数量众多但都十分妥善，让我们每驻足一个都不舍得离开。原本打算只走马看花先大致浏览一下新港，没想到博物馆转一圈、大理石山庄盘桓一下，转眼海天之间就已闪烁着一片艳红，新港那有名的夕阳美景出现在我们刚刚走出百年华屋，还在调整年光岁差的眼前。

饱餐过晚霞美景，我们在月光下乘船而归。几百人座的渡船上只有四个人。另一对夫妻自己有车停在码头，所以船上的工作人员特地来询问我们，抵达后需不需要巴士接送。这些车、船都属于罗得岛的公共交通局，是配套的服务，如果我们不需要，也许这一趟车也不用出了。

船一靠岸，一部大公交车和亲切的司机已在等候，车行十分钟后，我们回到肯尼迪广场。司机送我们下车时穿着短袖衣服的身体微微抖动了一下，他开口说："天气渐渐变凉了。肯尼迪广场到了，希望你们有个愉快的夜晚！"

我们下车时谢过他，也祝过晚安后，在月光下散步走回饭店。回头一望，只见另一栋大理石的建筑——罗得岛的州政厅也在月夜下庄严宁静地矗立眼前。

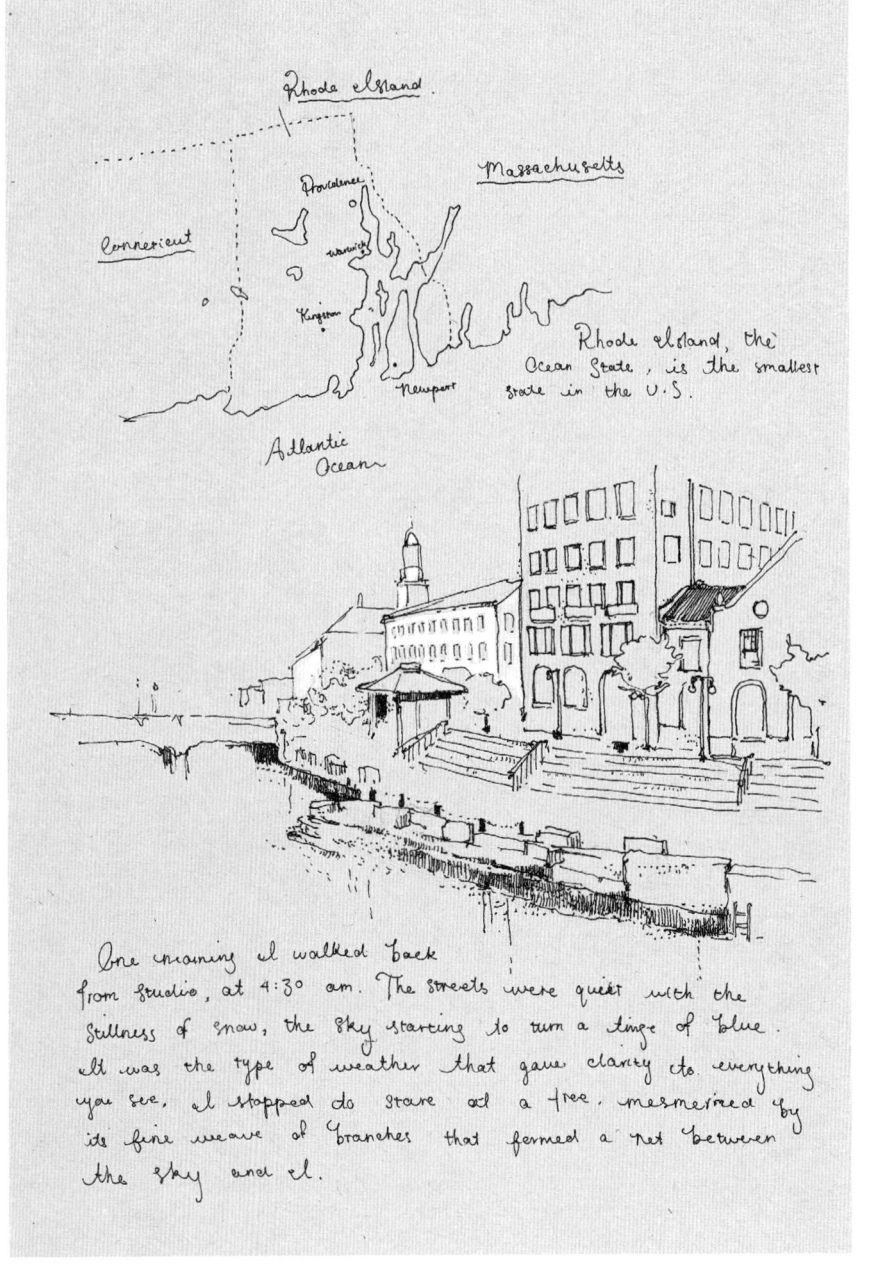

Rhode Island, the Ocean State, is the smallest state in the U.S.

One morning I walked back from studio, at 4:30 am. The streets were quiet with the stillness of snow, the sky starting to turn a tinge of blue. It was the type of weather that gave clarity to everything you see. I stopped to stare at a tree, mesmerized by its fine weave of branches that formed a net between the sky and I.

姜片与田乐烧

在罗得岛一家海鲜餐厅用餐,侍者拿着每日一印的菜单为我们介绍当日到货。眼光扫过开胃菜时,我看到一道日本味的头盘"Searedahituna",我好奇在极重视饮食传统的新英格兰地区,他们会如何表达异国风味的鱼料理,迫不及待地点来尝尝。

上菜的时候,那片鲔鱼烤得如乌鱼子一般美丽,切开的每一片,周围薄薄一层渐进的熟度包裹着中间新鲜艳红的生鱼肉。鱼肉下衬着一小堆的色拉,是小黄瓜细条、海藻与鲜蟹肉用法式酱拌成。摆盘看起来其实没有日本味,唯一透露出异国风情的是盘侧一小撮糖腌姜片。想来是日本进口货而非厨房自制,因为那味道与颜色一如我们所熟悉的标准。

鱼很好,色拉很好,但那姜片实在突兀,我忍不住想要打探这撮姜的用意。就在侍者来问"一切可好"之时,我指着盘里的姜片问道:"这是什么呢?"我本想让他主动解释这道菜的特别之处,故意没说出"姜"这个食材,没想到答案却让我吓了一跳。他非常礼貌地答我说:"是鲔鱼。"我一定是马上就露出惊讶的神情、掩都掩不住。所以他紧接着又说："是生的鲔鱼细片。"脸上充满了试图说服我的肯定，也与菜单上的说明做了合理的联结。

我知道这不是指正的好时候，相信谁都不会愿意让一个服务周到的侍者面对这样的尴尬。所以我开心地谢谢他的说明!

用餐叉拾起那些姜片入口时，我想起上个月在台北也有类似的故事发生。

有家餐厅的老板邀我去试他们即将推出的一组菜单。当第三道"米茄田乐烧"上桌后，我们尝了第一口便互望对方一眼，她急着问："你觉得怎么样？"我远远看到料理长在厨房口担心地探望，有点不忍心，但还是说："太咸了！"老板听完之后，立刻把经理唤来，她生气地要经理尝，也挖一口要她拿去给料理长，再请他们回报自己吃后的感觉，当下气氛变得非常紧绷。

回报迟迟未到，老板火气更大。她再度问经理的时候，双方都有些剑拔弩张的味道，"咸成这样怎么吃？"听完老板加码的责备后，经理也许误会了我这个角色的意义，她眼睛直直望着我，开始以多年老手的姿态给我上了一堂"米茄田乐"的课。

My grandmother is very fond of pickling. Cucumbers, plums, ginger ... There is always bound to be a jar of pickles in her fridge.

Sometimes we'll find a jar of pickled radishes in our mailbox - always wrapped in layers and layers of newspaper. "To prevent leaky delivery," my grandma reasons.

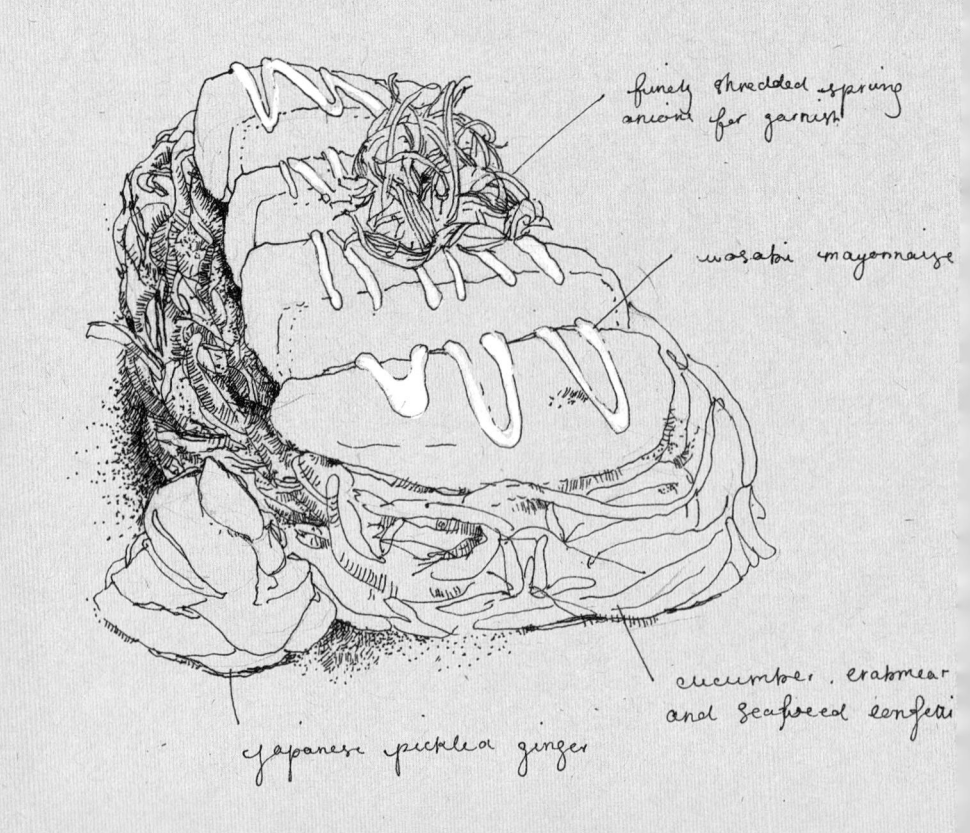

finely shredded spring onion for garnish

wasabi mayonnaise

cucumber, crabmeat and seafood confetti

japanese pickled ginger

她说，真正的米茄田乐是不能像眼前这盘只以味噌来烤茄子的，一定要加上很多的海鲜料，这样就不会太咸了。凿凿言谈之下，不只端出过去辉煌的服务经验，也小小表达了我们对这道菜的意见简直就像门外汉。

我静静地听完后，只微笑对她说："这个问题没有那么复杂，不管要不要放海鲜，最重要的是，不能在客人反应太咸后才给予解释。只要料理长调整味噌的浓度，就马上解决了这个问题。"跟在罗得岛一样的心情，当时，我也不觉得这是个辩论指正的好时刻，但还是请老板转达正确的答案。

所谓"田乐"源名于南北朝，至十七世纪的江户时代，把食材串起以味噌烤食的料理便以此为称。经理所谓正规的田乐要加海鲜，那只是她刚好在初识这道菜时，餐厅的做法让她以为理当如此而已。

全世界料理的菜名都不是兴之所至，最重要的关键词，诉说着一地的饮食文化与地理人文讯息。

菜名永远不只是菜名，它是生活喜好与物产的饮食文化记录。

艺术也不必刻意"与众不同"

我之所以可以轻松地开口就称自己十八岁的女儿是一个"艺术家",最重要的理由是,我对这个名词没有认知上的负担。在我的心中,所谓"家"指的是——从事这种行业、在这个领域行走的人。能不能从"家"走向"大师",才有底蕴与功力的差别。

能放松看待这个称呼,是因为多年来Pony的言行举止影响了我。在某些特别的时候,我会很想念我那十分温柔平和的小小艺术家。

学妹March曾在她一篇谈创造力的文章中提到,她跟中学老师分享创造力的时候,总期待他们能允许孩子在成长的过程中"敢与众不同"。这个使命当然是非常困难的。因为主流是安全的,如果跟大家一样,就可以避免许多讨论,很快受到认同,所以我们了解"敢与众不同"需要勇气。

但是,当我慢慢接触了比较多选择走上艺术之路的人之后,我发现,不害怕自己的"不够与众不同",也是艺术家的另一种挑战。

前天我去台北订制大门，在工坊里眼看老板当场咆哮发作，对着员工说："他说对我的作品很失望，是什么意思？我才不屑帮他做呢？他们懂什么艺术？告诉他不干就是不干了。"

当时因为有Eric跟我两个外人在场，我更感觉到那场发飙十分造作。我忍不住抬头看了一下声音传来的方向，是一位长发束在脑后、戴着棒球帽的男士。爱理不理的神情与说话方式，虽然与我们"大众"不同，不过也可以归类成另一种"小众"。他们生怕别人不能看清自己性格中的棱棱角角，曲解稳定的定义，所以永远像一只怒怕的刺猬。好像因为他是艺术工作者，别人就得十分欣赏他的每一种表达方式。

Pony常跟我谈到她所体会的艺术，我于是了解，艺术家不是只为凸显冲击与对立，也不是从痛苦与愁闷中才能体会深刻的人。在大自然中，对比与强烈是一种美，但和谐与平静是更广大的美，一个艺术家不会不了解这份完整。

Pony的小课程开始第一周后，我问过她，会不会担心参与者觉得画得太简单。Pony很安心地对我说："这是教学，不是我的画展。大家不是为了看我多会画而来的。我们要学的，是相信艺术就在每一个人的笔下，没有哪一种形式才是高明、哪一种太基础。"

Pony教会我，从事艺术的孩子不一定要在外表或言谈刻意"与众不同"，甚至不应该被教导以此为思考的方向。我常从她温和的性情与高敏感度的体贴中发现，当人在一种真正的放松与完全的接纳下，真正的自我自会呈现。

未能尽兴的遗憾，是下次启程的理由

去金门整整两天，清晨上机，黑夜返回。与一般游客不同的是，因为县政府家庭教育中心所举办的这两天讲座与小朋友的实作，让我有机会更亲近金门一小部分人的日常生活，这是单纯旅行所不易穿越的隔阂。与一般游客不同的是，我们只能用一点点时间掠影自己从未曾知晓的金门之美。未能尽兴的遗憾，是下一次启程最好的理由，我一定会再去金门。

这是生平第一次，我对自己一向怕麻烦别人的性格感到有些懊悔。虽然晓云几番问我订房的事，我因怕麻烦她而上网自己订了饭店，可惜没听听当地人的意见，因此首度拜访金门就错失体验古厝民宿的机会。

庆幸的是，我一改以往的坚持，因为没有一再辞谢许科长的盛情，而有机会搭她的车出游了几个小时。我们在日光西斜的黄昏浸染于金门的古厝廊庑，在凉风徐徐的院下惊尝金门的海味，最动人的，是一路听着能丽姐信手拈来、娓娓细诉的金门文化风情与生活掌故。

我很后悔，出门前没有先预习金门，否则当我有机会聆听这个天上掉下来的地陪说地理、讲历史之际,一定会有更好的收获。能丽姐让小米粉与我携回金门笔记书好几本,昨夜睡前,已迫不及待开始细细阅读起金门。

短短两天,惊鸿一瞥。我很讶异金门没有大红大紫,她绝对有这样的条件,不过也暗自庆幸金门还没有因为游客如织而沾染商业气息。多么希望有更多的人能了解时间赠给金门的美,也暗地祝祷金门能一直依然故我。

世事，都需一份等待

十几年前，我的一家店遭到持刀抢劫，在极大的沮丧与惊吓之后，我回到台东老家。

爸妈只想为我加餐饭，恨不得我能在两天里就胖起来。在他们的陪伴下，我不停地吃，也不停地与他们交谈，晚上睡得很熟，真希望日子就这样过下去！爸妈能给我的，总是比宠爱还要更多。

下午妈妈煮了咖啡，邀我一起翻译两篇她觉得很好的日文短文。这是其中一篇，《等待》。

似乎凡事只要努力就会有一份成果，但有时候并不尽然；生命里也会出现很努力但得不到一定收获，或再努力也没有收获的时刻。

这个时候，每一个人都会感到失望、伤心，但是世事不能尽如人意，除了努力之外，还有很多的因素在左右。

所以古人从这样的经验里体会出"尽人事，听天命"的教训。

鼓励我们"努力"不一定会立即开花结果,不要焦虑、灰心,坚持着自己的意志努力下去。

换句话说,你有没有足够的毅力等待到"天命"真正揭晓的那一天?

在这样长时间的磨炼和等待中,生命的深度和广度也就这样被一层又一层地堆积起来了,你以为然否?

对还在学习如何承受工作中的突发状况与解决之道的我,这无疑是最好的鼓励。如果你也是如此,请和我一起分享这篇短文,祝福你和我,都拥有努力的意志及等待的毅力。

PS.
这篇文章取材自PHP杂志
PHP杂志是松下幸之助先生为回馈社会所创办的刊物

- 厨 房 日 记 -

　　进厨房不能少了喜乐的心，少了欢喜的心情，油污辛劳便会占上风，成为掌控者，翻转自己投入生活应该得到的美好回报。

　　进厨房不能少了对各种科学的好奇，少了对知识的探求，厨房就会自动缩小它与精神结合之后可能达到的时间深远与地理宽阔。

　　进厨房要诚恳，对自己的生活诚恳，因为厨房给了我们一片天地去展现爱意。

珍惜每一个可以期待阳光的日子

三

与黄昏有关的生活定义

跟小米粉把工作都备齐之后,看到她提步上阶,边走边说:"Bubu老师,那我到二楼去看你那些书了。"听她说话的时候,我坐在一楼的餐桌上整理文件,迎面看到中庭深浅的绿色正在夕阳斜照下稳稳绽放着美好的颜色,那从视觉传来的喜悦与静美,让我忍不住对小米粉说:"你要不要把想看的书拿下来,不要错过抬头就可以看到的美丽,这颜色大概只能维持一个小时。"对于颜色,我总是敏感于它们在光照里不停地变化。

对我来说,黄昏是一天中最美的时段,也是我难得拥有的享受。所以我对黄昏有一种恋慕与渴望。

虽然以截至目前的一生来说,我在黄昏所感受的经验的确是难过远比快乐的经验多,忙碌的时候也比悠闲多很多,但也许正因为这样,所以我更了解黄昏的可贵。我下定决心,要在五十岁后让我的黄昏生活,有着自己渴望的安适与稳定。

童年时,黄昏于我是孤寂恐惧的。

爸妈终年忙碌,我放学后总是赶着把功课与所有的家事都做完,为的是怕天黑之前不能离开那使我感到害怕的日式大房子(想来我做家事的身手完全得力于自幼环境的训练有素,所以,我觉得压力并不完全可怕,它使人产生适者生存必要的进步)。

除了兄姐回家的寒暑假外,我总在黄昏时等在院子门口的那棵老榕树下。那榕树又大又老,在空中飘荡的须眉,是另一种无名的恐惧,所以,除了成大榕园那棵形体极美的大榕树之外,我从没爱上过另一棵榕树。

十二岁离家到台北住校后,黄昏是我想家躲起来哭泣的时间。

孩子的心很小,受不住某些成长后可以理解的状况,当时,我只日日担心家里的家事那么多,谁来帮忙碌的母亲呢?我们那只麒麟尾的虎斑猫,可会在黄昏代替我等在妈妈回来的庭前树下?我分不清担心与想家的感觉,但这种担心是好的,它使一个孩子对家庭的情感转化成责任,虽然对年幼的孩子来说有些沉重,却使成长的质地紧密了。性格坚强岂是轻松绑个蝴蝶结就可以相赠的礼物?那是岁月里,因苦乐相伴的酝酿,而对生活境遇有了合理解读的能力。

当了母亲后，黄昏是我永不停息的忙碌时刻。

我身担母亲的职责，工作又刚好在黄昏开始另一个忙碌高峰。所以，当我看到别人日落而息，不只替他们感到高兴，心里也非常羡慕；如果偶遇朝九晚五、工作之后却倦于生活的人，我会暗怪他们的不知惜福。我总想着，如果我能在黄昏离开工作，好好回到自己的生活中，我一定会珍惜。

我爱黄昏，一定程度上是因为牛的习性。十几年前读陈冠学的《田园之秋》，与他相伴生活的牛哥，日未出而作、日落而息的生活是我所想望的。但那些年，我只沉浸在一个母亲经营黄昏的喜悦与对工作的热情中，我知道我可以把对黄昏的爱，升华为日后的向往与共处。当时我知道，我还不到悠然看夕照的年龄。

那向往终于在我心平气和的努力之下慢慢接近了，如今除了外出演讲，因为行程而耽误的时间之外，日落黄昏时，我总可以像一只牛一样，在努力工作一天之后，安心歇息。

我爱黄昏，一生都想着要细细体会黄昏的光景之美与休憩的恬静，但是，如果不是因为我已经在过去几十年里的黄昏中，深读了辛劳与付出的意义，我又怎能像现在这样了解暮色初起时,人的心灵可以有怎样一片宁静极美呢?

所以,有时我不禁自问,我恋的到底是黄昏,还是人应该努力才得休息、人该在不同的阶段尽不同的责任的那份最简单的生活定义?

愈忙愈需要安静

昨天是我的五十岁生日，母亲说我真是为了工作而出生的，所以才赶在清晨来报到。是因为牛在清晨醒来时会知道自己的任务吗？所以，我对忙与劳累的价值很少有疑惑。如果是，这必然是一份幸运的精神礼物，我当要好好珍惜！

是牛就懂得耕作，所以，昨天我也用一整天的工作来为自己的知命之年揭开序幕。

六点半起床，在饭店用完早餐后，八点工地准时开工了。九点半我去努可咖啡看小米粉为读书会准备的食物。教她炒完澎湖的高丽菜酸五花肉后，我们又讨论粥的浓厚调理，我也在心岱姐开课前借来十分钟，跟大家分享一点我对阅读的想法。

前一晚在南科的演讲中，准备的内容太多，时间有些紧，我无法把"帮助吸收经验"这部分的阅读经验讲完。因是自己非常喜悦的想法，所以特别在心岱姐讲《越读者》前要了十分钟与大家分享。

十二点，校友会邀请采访的几位老师带我在大学路巷内的餐厅用餐，我们在轻松的闲聊中进行了两个小时的采访。这一天并非特意安排的，却在五十岁生日当天，给了自己一个回顾青春年岁的机会；逝者如斯，不舍昼夜。

一早打电话回家时，母亲在电话中笑着说："生日都该打屁股的！"

当然是的，婴儿要张眼与世界面对面的那一刻，一记屁股打出哇哇啼哭的清醒与力量，是得在每一年生日中都要记起的。

离开台北前，刚好《30杂志》提醒要交稿，我写了一篇"愈忙愈需要安静"寄出，篇末的一段，可以算是生活五十年的感言！

生命力来自内心，也回到那里去，在足够安静中，能力与稳定美好的循环得以完成，帮助我们像河水一般静静流向更广大的生命情境。所以，不再开口抱怨忙，静静与它长跑竞赛吧！

在五十岁开始的每一天

我愿

每遇困难时安慰自己说:

"这不是最难的,生命还会给你更难的功课。"

也愿

每遇喜悦时跟自己说:

"这是最好的了,存在心里不要忘记!"

慢慢享受创造的滋味

妈妈与Pony都属马,今年我们家的粽子就由这两双相差六十年的手相传而成。

我们家的粽子用的是不经油炒的糯米,包覆的是月桃叶;月桃每年五月到七月之间开花,十月,成熟的红果实非常美丽。

从小学一二年级开始,每年端午,我就在母亲身边学如何洗月桃叶与粽叶烫水后该有的细致修剪整理。每隔一年,我长大一岁,能做的事就越多,跟母亲工作的默契也就越好。

在四时更迭的生活变化与寻常日子的反复操作中,我慢慢养成了与工作可以长时间静默相处的性格,直到年近五十才发现,原来一切都源自对童年的心情记忆。

在家完成一个段落的工作之后,我下二楼去探看祖孙俩如何飞舞双手在月桃叶、白米与家传的馅料中忙碌。妈妈先跟我说:"Pony厉害呢!"然后跟Pony一搭一唱、带着调皮的表情、指着一串才绑了两个粽子的粽绳问我:"你猜得出哪一个是我包的，哪一个是Pony包的吗？"我确实犹豫了一下，只好胡乱指一个来"猜"！后来才知道，原来两个都是Pony包的。祖孙两个像江湖的卖艺人，默契好到让人真假莫辨。

那晚，我看到Pony的笔记洋洋洒洒记了一大页外婆包粽子的配方、要领与图解。用英文写包粽子的记事，读起来有些奇怪，但文字的隔阂反而突显了孩子珍惜家族情感的心意。

我想起生下Pony的那个下午，母亲用双手托起她，朝光照的一面仔细端详这新生的女婴，然后转头笑着对我说话的神情。

二十年转眼而过，那双原本紧握着、等待被牵引、被教导的小手，在爱与时间里，慢慢了解了掌握与创造的滋味。

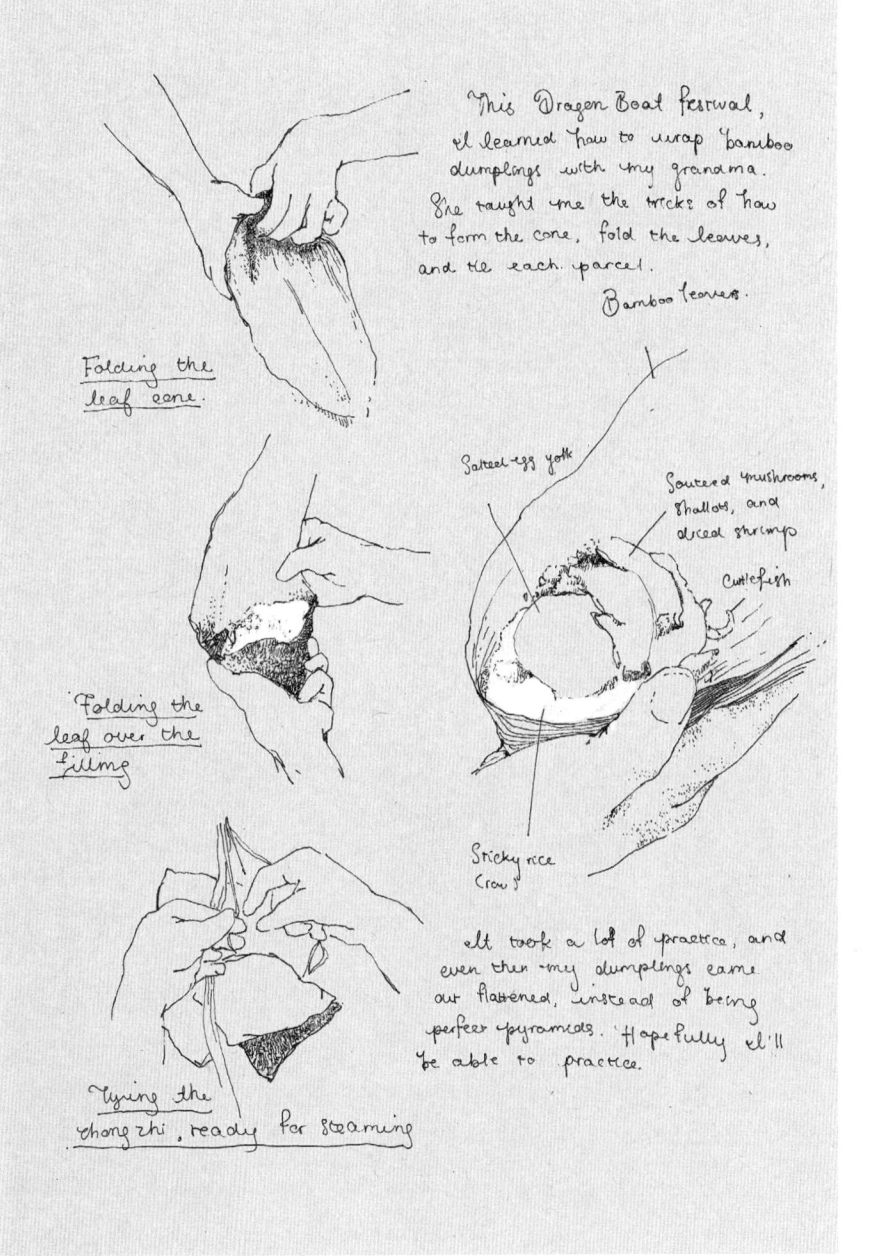

This Dragon Boat Festival, I learned how to wrap bamboo dumplings with my grandma. She taught me the tricks of how to form the cone, fold the leaves, and tie each parcel.

Bamboo leaves.

Folding the leaf cone.

Salted egg yolk

Sauteed mushrooms, shallots, and diced shrimp

Cuttlefish

Folding the leaf over the filling

Sticky rice (raw)

It took a lot of practice, and even then my dumplings came out flattened, instead of being perfect pyramids. Hopefully I'll be able to practice.

Tying the zhongzi, ready for steaming

外婆家的圣诞节

圣诞节前两天，我们全家回到娘家过节。寒流中回家的旅途，与我们结伴同行的却是温暖安心。

回家那天，到达家中已是黄昏将尽，走进庭院，先看到爸爸种的波罗蜜结实累累地挂在大门前的廊上，穿着围裙的妈妈兴高采烈地走出来迎接我们，光闻着一室的香气，就预知了晚餐的丰盛。我看到餐桌边妈妈亲手布置的圣诞树既雅致又生动，大餐桌前的落地窗帘也更换了。

今年七十岁的母亲很重视自己的生活，虽然她总说自己老了，已远离社交圈，难得有人来拜访，但爸妈好好过日子的信念并不因为访客渐少而改变。

晚餐后我和孩子一起收拾餐桌，妈妈用可爱的口气指着洗碗机对孩子们说："今天晚上的碗让'我的欧巴桑'洗！"孩子们觉得很有趣，隔天吃完早餐，马上满怀期待走到外婆面前问道："外婆，请问今天的碗要用哪一个'欧巴桑'来洗？"言下之意，她们是另一组不带电力的"欧巴桑"。

这是回外婆家最大的快乐——孩子们虽然操作家务、分忧解劳，然而她们还是觉得深受宠爱、快乐非常。

第二天，我起床时，看到妈妈和两个女儿围坐在厨房的便餐台上，包着午餐要吃的咸汤圆，祖孙三人看我睡眼惺忪地走下客厅，故意哈哈哈地取笑我。真是不可思议！昨晚我与爸妈在楼上起居室聊到半夜，没想到四十岁的我此刻还昏昏欲睡，而七十岁的母亲竟然端坐在眼前带着孩子包汤圆！外婆家，哎！真是让每一个母亲行动都软弱的温暖窝！

又隔一天，准备回台南前，我发动全家一起整理楼上楼下，为的是不舍得年迈的爸妈在这么冷的天气里还要打扫。就在我还正刷洗浴室时，妈妈语带责备地对我说："你难得回家，为什么要把时间花在这上面？我们来聊聊天不是很好吗？"我告诉她，一下就好，我也非常喜欢跟她聊天；事实上，不管在哪里，我们从来都没有停止过"聊聊天"——用电话或写信。

我自己没有回过外婆家，因为外公、外婆在母亲成年前就已过世，然而，我心中仍有个母亲用许许多多的回忆为我们构筑起来的外婆家。

母亲口中的家庭故事、外公外婆的照片，还有他们所留下的几套餐具，让我在小时候就拥有了一个值得向往的外婆家。当我知道外婆也惯用左手且非常擅长女红时,我就知道自己跟孩子的某些特质从何而来。那种了解让我深深感到生命其实从不曾间断,它在家族的血脉中源源不绝。

我庆幸两个孩子有个生机盎然的外婆家可以回去,在那里,她们可以捡拾到我的童年记忆,嗅闻到我成长时的空气。如果有一天,我能活到成为外婆,我也一定要保有一个温暖的居处以及跟爸妈一样热烈的生活态度,好让孙儿们可以在当中感受到他们的母亲,以及我自己童年时所享受过的丰盛。

"一厢情愿"的欢喜倾吐

一个多月前惠苹借给我她的一本相册,在色彩有些褪去却十分令人怀念的旧照中,成功湖畔我们那青春一去不复回的日子竟像收藏的旧物一般,可以借阅,可以分享。

前几天听到以色列女歌手Esther唱的《儿时情景》时,我脑中也进进出出许多旧时日的画面语声;《儿时情景》的歌词是海涅的一首诗,而海涅总使我想起十四五岁的一段日子。那阵子,妈妈教我唱一首日文歌,歌词、旋律都很简单:

  春を する人は 心清き人

  すみれの花のような ぼくの友

  夏を する人は 心強き人

  岩をくだく波のような ぼくの父

  秋を する人は 心深き人

  を るハイネのような ぼくの恋人

  冬を する人は 心広き人

  根雪を溶かす大地のような ぼくの母

歌词翻译成中文，是这样的意思：

喜爱春天的人　是心地洁净的人
像盛开堇花一般的清香　是我知心的朋友
喜爱夏天的人　是意志坚强的人
像强浪能拍击坚岩　是我可敬的父亲
喜爱秋天的人　是情意深重的人
像海涅情意绵绵的歌诗　是我倾心的恋人
喜爱冬天的人　是包容一切的人
像融化深雪的大地　是我亲爱的母亲

我还记得解释歌词"秋"那一段时，爸妈说起德国诗人海涅（ハイネ），几乎可以用"争相分享"来形容。我的父母直到现在都还是如此，他们会抢着告诉孩子自己的感受，那热情使人相信，每个父母都喜欢跟孩子说话、分享。

成了母亲之后，我更感受到爸妈的分享并非是为了要教育我们才做的，他们是因为自己喜欢，所以但愿我们也了解，因此就没有教导之后的检查盘问，只有一厢情愿的欢喜倾吐。我觉得自己的父母有一种超乎现代父母的热切与单纯，他们并不常思考教养的问题，却在忙碌的生活中尽可能地花时间与我们真心相处。

我的记忆在这件事情上一直有个无法寻回归位的碎片，到底，那天爸爸的话题是怎么链接到北海道大学那句著名的校训"Boys, be ambitious"的？如今我无法在克拉克与海涅之间找回当时爸爸谈话的线索，不过，我却记得爸爸说这句话的神情，与他希望传达给我的热情。心怀大志是我们与自己生命之间的情系，是适合任何人的鼓舞。

亲子之间的谈话原是这样的，它就像一顿饭香菜暖的家常事，说的人一片真心，听的人一片诚意，所以，即使日子已远远逝去，其中充满情意的片段却留了下来——那是因珍惜相处、互相倾听而留下的礼物；那是被称为千头万绪的教养功课中，每一对父母都可以为孩子做的事。

对爱，别无他求

吃早餐的时候，妈妈问我：还记不记得日本的松岛？我笑了笑，想起好久好久以前，曾与母亲在天地一片雪白的松岛拍下一张照片，照片里的我脸红红的，长头发，戴着一顶浅灰的羊毛软帽。那年，我才十八岁，而如今身旁的母亲已八十岁。

我已经不大记得那趟旅行的细节了，可是还记得妈妈在旅行到松岛时跟我说起的一首俳句，是松尾芭蕉为松岛所做，那五七五的三段句子里，每一句都只有松岛这地名。

  松島や　　　（松岛啊）

  ああ 松島や　（啊……松岛啊）

  松島や　　　（松岛啊）

连习惯以文字传达心声的大诗人，对松岛的美也只有无语的叹息。

妈妈再提起松岛的时候，我想到美与快乐都有这样的时候吧！你紧紧感受它的存在，却无法形容。

前几天的一个下午，Eric在医院陪爸爸，我跟妈妈利用时间去买一点东西。在超市看到一个漂亮的年轻妈妈与两个孩子的互动之后，回家的车上，母亲不禁感叹地问我："现在的年轻人好像很不容易快乐呵！"她一提，我就知道她为什么有这样的问法。

我们看到的，是一个漂亮的妈妈带着漂亮的孩子，但那位妈妈在优渥的生活之中却吞吐着愤怒的话语与不耐烦的神情，这对我母亲来说，当然很奇怪。她似乎从这位年轻人身上，想起了自己初为人母的情怀。

妈妈问我说："跟孩子在一起不是很快乐吗？"然后像自问自答一样又加了一句："我觉得很快乐呢！虽然我们那个时候的人没有你们现在这种物质条件，但带你们长大的那几年，我觉得很快乐呢！"

我的母亲的确很快乐，婚后到中年，她一直非常辛苦操劳，没有太多欢乐的生活，却能确认自己的快乐！

我很想知道，当她还是一个年轻母亲的时候，一天是怎么过的，她的快乐又是如何从生活的坚石里探出新芽来的。

妈妈每天几点起床？

——四点多吧！一起床就先做早餐，衣服都是前一晚就洗好的，但饭菜要早上起来做（没有冰箱的年代，生活的劳务多到无法想象）。

打理完四个孩子之后，母亲就骑车去爷爷刚买下的砖工厂主持工作。回想中，她开心地笑了起来，好像想起什么大秘密一样甜甜地回忆说："你爸爸有一次去台东，事先都没有跟我商量就买了两个电饭锅。所以，那个时候我已经可以用电饭锅煮饭跟炒菜，不用生火了。"她说的时候，好像自己是天下最幸福的人一样。那是我五岁前，我们一家还没有搬到校长宿舍前的生活。虽然没有印象，但母亲口中黎明即起的勤奋身影对我却是一点都不陌生的，即使今年八十岁，她还是这样乐为母亲、乐在照顾父亲与自己的各种生活工作。

从荣总回台北的路上，我看到母亲完全沉浸在回忆中，昏暗的车厢里，我仿佛看得到她口中那份被她珍藏于心的幸福——我忙完家事就会带着你们坐在一间用木板钉成的通铺上滚皮球玩，一排四个，乖乖跟着我玩，我觉得很满足，好快乐呢！

我可以想象那个没有音响娱乐、没有玩具，却有母亲满足心意陪伴的小小房间里，她的安静、她内心的丰盈与对爱的别无他求！

——晚上我会先放下家事陪你们在餐桌做功课，等你们都去睡觉了，我就赶快洗衣服，准备明天的工作。我高中学普通话的时候直接上开明第一册［编者注：即《开明文言读本（第一册）》，朱自清、吕叔湘、叶圣陶合编，1948年开明书店印行］，我的注音符号，就是带着你们的时候才跟你们一起学的。

一个人的体力有限，要做那么多事不会很累吗？

——我那时很瘦，是我这一生中最瘦的时候，可是，我没有觉得很累。说真的，照顾孩子，只想着要做些什么开心的事，就没有觉得很累，我觉得很快乐！

是这样吧！的确是这样的吧！我望着车窗外渐浓的夜色想着：对我母亲来说，那快乐如松岛，是她这一生中的无言之叹。

那杯红茶的滋味

这个题目丢在我置放备忘纸条的虾笼里已经好久好久了。偶尔翻见了，我会跟自己说：要记得把感想写下来，要不，日久要忘掉的。

我并没有忘掉，也许即使不写下也很难把它忘掉！虽然那杯红茶并不是我喝的，但是，因为自己不停地品尝着每天重新奋斗的感觉，总觉得那滋味是可以想象的。

大概是三年多前，有一次回台东，饭后陪爸妈看NHK的节目时，电视画面上正播放着一对七十出头老夫妻的生活故事。

他们从年轻就一起工作、奋斗起家。即使孩子都长大自立了，夫妻俩却从不改变年轻时热爱工作的心情与稳定的作息。到底，那对爷爷、奶奶做的是什么工作，我现在已经记不起来了。仿佛有印象的是他们家里装置着机器，而老人家的两双手因为长期劳作变得非常粗大。

镜头带出每天下午四点，老奶奶在他们小小朴素的起居室里冲着一壶红茶，茶倒在一对用了很久、想必非常珍惜的西式茶杯里。倒完茶，奶奶去把工作中的爷爷唤来喝茶小息。他们端着茶珍惜享用的神情，我怎能忘得掉。

老奶奶腼腆、似乎担心自己词拙地垂眼笑说："每天工作中的这杯茶是我们最大的享受。"老爷爷一句话也没说，只眼观鼻、鼻观心，浅浅笑着啜饮着杯中之物，那象征休养生息、夫妻地久天长的仪式，让我心口非常温暖，眼角却有些刺痛。之后，我就常常在自己工作很多很多的时候，自然地想起老爷爷老奶奶每天下午四点珍惜地端在手中那杯红茶的滋味。

昨天中午结束成大的演讲之后，月仁已等在讲堂门外。我们一年多不见，连电话也不敢打，怕的是开了头收不了线；惦记会打搅彼此的忙碌。

几天前与月仁约了之后，她说："那星期一我不排实验了。"我们碰面离开成大校园后，一起去Nook吃午餐，好好地聊了一年来别后的状况。

在月仁面前，我是绝不说自己忙的，因为她总是工作到比我晚，却永远精神奕奕。即使实验做到清晨两点才离开医学院，最好也不要跟她辩论，因为，那个时候她的头脑还非常清楚。

当了二十二年的朋友，我跟月仁从没有过一起逛街购物的经验。虽然无法花更多的时间相处，但我们一直是生活与工作彼此鼓舞的伙伴。多年来我们尽心当母亲，也享受工作的劳累与努力的成果。

饭后，我们桌前摆着咖啡与甜点，月仁有感而发地说："你知道这种日子我有多久没有尝过了吗？"我问道："你说的是下午茶？这样的悠闲？"她点点头笑了起来。

我也笑了，笑里不知为什么又想起了那杯红茶的滋味。

Thai iced tea

This drink will stand out in a restaurant with its bright orange hue. Thai iced tea is made of strongly brewed black tea and sweet condensed milk. A well made one is perfectly sweetened, but never sickening.

Long Island Iced Tea

Not really an iced tea at all, this drink is actually a mixture of vodka, gin, tequila, rum, triple sec, some lemon juice, and a dose of cola or iced tea.

Peach iced tea

When we studied in Switzerland, we were always provided with pitchers of peach iced tea during lunch and dinner. This flavor of iced tea is very popular in Europe. I find it an unexpected but very tasty combination!

Cooled tea

Before iced tea became popular in China, it was normal to let freshly brewed tea cool to room temperature, but nobody ever added ice to their tea.

Bubble Tea

Taiwanese pride - need I say more?

珍惜每一个可以期待阳光的日子

我第一次听到"暹罗"时想到的是金光灿烂的大城,觉得开朗极了,阳光象征着希望无限。但是也像身边一再被漠视的幸福一样,我很少为每天都可以见到阳光而感谢;直到几年前在安特卫普和一位日籍朋友用餐时,才第一次听到阳光曾被人这样期待渴望着。

Nauko到安特卫普工作了一年,我问她:"喜欢新生活吗?"

"前半年好难受,没有阳光的日子让人觉得生活格外辛苦,我大约花了大半年的时间才慢慢适应了这样阴郁的天气。"

当她幽幽说起刚到此地的心情时,我想起日日早晨学童在全无天光下出门上学的情景!

这几天在曼谷陪着孩子做牙齿的例行检查,医院的设计让人欢喜。在等候时,我细细地打量整个空间,寻找为什么人处在这样的医院里自然感觉压力得到舒缓。我猜不单是因为空间宽敞,巧妙的设计使自然天光可以到处留驻,当阳光在通透的隔间之间与人漫步时,它解除了人的烦闷。

很高兴当初设计这家医院的建筑师没有忘记病患的心情，生活里如果多一点这样的同情，相信我们会跟环境相处得更好。

放眼生活，似乎我们总是比较缅怀褪色了的美，或已经失去的爱，而无动于眼前绚烂的赠予。我的朋友曾用"雨笼"来形容没有阳光的台北雨季，心情之郁闷可以想见。

今天在医院见到处处引进的阳光，觉得像是有人再一次提醒，要珍惜我们自以为平凡的幸福，要珍惜每一个可以期待阳光的日子。

给孩子最好的"礼物"

在新加坡的黄昏，因为赤道的日落比较晚，周末如果把晚餐准备妥当后，Eric和我会先去散步。我们喜欢等Pony的功课告一段落，一家三口再好好吃个比平常丰盛一点的晚餐。

散步回家的时候，天渐渐暗了下来，虽是晚餐时刻，但是看到一群中学左右的男孩，身上还穿着美国学校的白上衣和一大群朋友在广场上玩滑板。

我看着天色，奇怪这个家家户户应该都要开饭的时间，这些孩子怎么还在外面玩？忍不住跟Eric讨论起"他们的父母现在在哪里？"Eric带笑着说："大人自己在开Party吧！"不完全是个调侃，不管在台湾或其他地方，这的确是我们常见的生活实况。

我忍不住又问道："这些男孩，以后会懂得怎么当丈夫和当爸爸吗？"我们同时想到的是，孩子对于家庭的观念多半来自经验里的认知与学习。如果没有从家庭中学得被照顾与被爱的美好，长大后如何用行动去爱自己的家人？

不只是晚餐，每个星期六、日，如果走路去买菜，在市场边麦当劳的露天座上，一定会看到好几桌由佣人带着的小小孩在用餐。那个问题又浮上的我的心头："他们的父母在哪里？"如果平常工作很忙，一周两天的休假不更是与孩子相处的好机会吗？

前几天，有位非常疼爱孩子的年轻母亲写信问了我几个问题，除了一些积极的建议之外，我也这样鼓励她："家庭稳定的作息与母亲在饮食生活所做的努力，到底能产生什么样的力量，你需要长时间才能体会到。但是，一旦给予，这个影响会根生在孩子的未来生活里，使他们拥有转化快乐的能力。"这是每次检视自己的生活时，我所体会出来的道理。

幸福不是一定属于有钱、有闲的人家，教育也不是花钱买得到的商品。生活稳定的节奏、父母每天的关怀照顾所结合而成的安全感，就是我们能给予孩子最好的礼物，也是我心中"家庭"最基本的定义。

如此接近的心情

Abby搭今天清晨的航班回费城了。从台北往大阪的飞机延后一个多小时起飞，我们因而在分别前多了一些时间可以谈话。话题从信念转到女作家爱丽丝·门罗时，Abby跟我分享了一篇她写的故事。

我听着、听着，忽然想起从小到大她们姐妹总是喜欢把看到的故事说给我们听。即使有些文章或书我也读过，但还是爱听她们用语言再转述一次。我发现同样一件事、同样一页文字，每个人的领受都有不同；相同之处让人起了母女同心、所见亦然的深情之感；自己没发现的，孩子领你去看时，又因此而更了解她们的敏锐与心性。

Abby说，她在书店看到门罗的写作心路时，忍不住站在书架前就流起泪来了。她拉着我的手，急切地解释道："不是因为很难过或其他的理由，只是因为她写的心情跟自己喜欢写作的感觉是如此的接近。"

我忍不住摸摸她那张既成熟但在我们跟前又总是孩子气的脸，我说："妈妈知道，完全可以了解。""接近"，是的，就是这个词了,以心境来说,"接近"似乎比"相似"还要贴切。

这个星期六,表妹琇贤来店里当一日义工。她看到小钱送书到厨房给我签名时,突然问了我一句话:"你有没有发现,读者遇到你的时候很容易哭?"当时,我回答时用的也是"接近"这个词。我相信,那些朋友并不是为了我的故事而哭,而是他们在我的书里看到了跟自己非常接近的心情与努力。这种接近所带来的温暖之感,不只是读者的,也同时是我的。

有了Bitbit Café之后,我当然比以前更加忙碌。不管别人觉得这一切值不值得,这对我来说都是意义非凡的。不能否认,坐在桌前谈梦想的时候,梦可以是无所限制、任由心智飞翔的;但现实的情况,是什么年龄做什么梦,要有某种程度的搭配。

年近五十要开个餐厅,并非特别困难,但如果是年近五十要去当个有自主权的厨师,就真是得来不易。我相信是没有人会要雇用我的,只好下定决心再开个Bitbit来展开我对食物与心仪食谱的温故知新。

Abby与Pony回来的时候,我虽然忙碌却觉得精神百倍,因为她们总是如此了解我所做的一切，孩子用不同的方式，不停地给我鼓励。

今天，Abby在入闸门前，轻声快速地跟我说，她在一篇文章中写过，如果生命能有这样的安排，她很想跟三十岁的我坐下来吃晚餐，好好聊一聊。因为，在她成长的日子中，总是看到我在往前走，总会从我身上看到不同的可能。如果能跟三十岁时候的我谈谈，想必会带给她许多的启发。

我在泪水中拥着当自己三十岁时才是小小孩的她，再放手时，她转身而去的身影潇洒而独立。

当时，我没有时间告诉Abby，我一样期待有一天能跟三十岁的她坐下来吃晚餐，聆听她一直给我的无限启思。

My mother asked me once whether I think there is a difference between a "choice" and a "decision", "to choose" and "to decide".

"Choosing" holds the ever slight connotation of uncertainty for me. Because you are unsure, you rely on being prompted by marginal choices.

But a decision is different...

It is made and executed with a clear objective, already in mind.

As Napoleon once said,
 "Nothing is more difficult, and therefore more precious, than to be able to decide."

生活需要的恢复力

年的脚步愈近尾声的时候，我忍不住在心里叮嘱自己，要更用心一点把最后几天的工作做好。就像赛跑的最后几步吧！提气专注地跑往尽头的线，应该是自己给这一年最好的句点。尤其在周围的人多半已进入闲散休息的阶段时，我更想起小时候的年关之际。

那时多数人的生活都仰赖双手，人们其实是比现在更为忙碌的，但那种忙碌中却真正透露出简单的生命欢喜。所以，我跟店里的伙伴们互勉，在休息前的几天，要更用心做菜、做点心。

上周日报的专栏要我加一篇文章给过年的应景之作，我写了一篇《带孩子过好年》。下笔的时候，童年的年景与当时人们对生活的感受突然涌现在眼前。

我对母亲带着我准备过年的记忆，大概是从小学一二年级开始的。

在那个生活朴实的年代，孩子对节庆、休息与丰富的体会，大概也只有在过年那段热闹忙碌的真实中才能体会得到。

过农历年前的几周，老师会发给我们一张纸条，那封给家长的信上提醒父母，年节已近，家家户户要利用时间大扫除。这份提醒不只是卫生问题，更有除旧布新的意义。

而那时候的扫除，还真是全家总动员的彻底活动，从窗棂到屋角，无一不清洁到里缝；棉被、榻榻米全部摊出在阳光下捶打。家家户户或宽或窄，只要是可资利用的空间，全都堆满等待彻底清洁的器物。亲子同工是无言但真实的家庭教育，也是最美好温暖的街景图画。

"扫除"，我真是喜欢这个词，喜欢的原因并非旁人轻易就出口给人的"洁癖"之讥，而是这个动词充满了自省与生活需要的恢复力。一旦除旧，"新"就继之而来，于是生活的鲜活感觉便掌握在自己的能力之中。

最平凡的最快乐

尽管世界愈来愈多样化,很多看似耀眼的生活方式吸引着人们求变的心,但若以每一个人的个别生活来说,所谓的变化多半只是形式上的不同,别人眼中再多变的生活,过久了也就是自己的"平凡"。所以,我一直都很能欣赏自己平凡的生活,并在平凡中体会种种快乐!

——煮一餐饭的快乐

不管家里有没有帮手,我都喜欢自己亲自料理家人的餐食,在煮一餐饭之间享受许多快乐。备餐时,把各种主菜和配料都准备好,干干净净地摆入冰箱时有一种满足。啊!一切都准备妥当,只等着家人到齐下锅,"爱"仿佛是可以存放起来的,在晚餐桌上它就会变成快乐和饱足。

——拉帘点灯的快乐

小阅读室、客厅和餐厅里都有我喜欢的大台灯,台灯所散漫出来的光晕柔和了夜色渐浓的居家空间,那种平和带给我一种安全感和视觉上的享受。我告诉孩子们,不管妈妈在不在，天色转暗的时候就去把灯都点上，如同早上我一起床总是带着她们把一扇扇窗帘都拉起，窗帘布整好束在墙边的挂环里，开窗是为了用开朗的心迎接阳光走进屋里来。这是每天都能享受的快乐，平凡到我们并不在意对它的错过！

——灯下课子的快乐

灯下课子之乐，在古老的日子里是多数父母都曾经历的情感，如今这些家庭该有的相聚夜晚恐怕已多被"补习"所占据。我喜欢自己教授孩子课业，虽然分数上的成果或许不如外送，但亲子之间因此获得的快乐与心灵互动，不是其他老师所能为我代劳的。每日我在灯下看着孩子学习，看着她们犯错误，引导她们思考，行进中我学习到做母亲所必须具备的自省与了解。灯下课子的快乐就是我们一起成长，并在自己的领域里日渐成熟！

——和长辈相处的快乐

我喜欢和上了年纪的长辈相处，他们帮助我更深刻地体会生命经验。与老年人相处时若产生不同的观点与论点，我会因此而想起自己与孩子之间的思考差异，因为有这样的认识，我感到安心。想到自己正逢壮年，有长辈供我以经验，有晚辈等我提携爱护，生命在爱的接力里呈现了完整性，我为自己所处的生命位置而感到非常快乐。

——极尽体能的劳务之乐

我的小餐厅更换菜单的时候,我常常一天工作超过十个小时,短时间中要教会所有的菜色并做顺利的供餐,难免有很大的压力。但我喜欢迎接压力、解决问题,更喜欢汗流浃背和大家一起工作的感觉。每晚回到家里总是一身臭汗和油烟味,站了一天的腿也开始觉得酸痛,但从头到脚洗刷过后的心情真是再愉快不过。

有些人笑我劳碌命,可惜我无法帮助他们体会在劳务里人所能获得的满足和感谢。每次回台湾,能在自己的店里做一段时间的厨娘,挥刀操镬、洗刷锅碗瓢盆是我最感快慰的生活赠礼。

每当洗碗机的闸门在我身边打开,一股热气迎面而来时,我便真实地感觉到,自己的生命也是热气腾腾!

Where shall I read today?

In my arm chair, the lights dimmed, with my slippers on and a cup of tea by my side?

Or perhaps lying down in a field of marigolds, the pages of my novel illuminated by sunlight? I might fall asleep.

I think I will make myself one with the bean bag and tuck in with my book.

I will read and read, into the night — and if the story is good enough, maybe till dawn!

每一天：有许多事要做，并一一完成

我在过年前开始动工装修新家，很多人都觉得不可思议。当时大家都问我，再过三个星期不就过年了吗，为什么不等过完年再动工？

以我对时间的感觉来说，这种想法很奇怪。算一算，三个星期约占一年中的十七分之一，过年再休工一个星期，一整月就过完了。我相信，时间不单是在不经意中一分钟、一分钟浪费掉的，我们有时候也会这样大手笔地挥霍光阴。

记得撒切尔夫人曾经说过：

想想最有意义的一天，
并不是无所事事的一天，
而是有许多事要做，并一一完成的一天。

一生中，我也有许多期望。虽然不一定每一个期望都能实现，但是，实作仍然是我最满意的成绩。我希望自己的每一天，都是用行动写计划的一天。也祝福你，把渴望化为准备，让每一天都是最有意义的一天！

- 教 养 日 记 -

　　陪伴孩子的日子，一定有喜怒哀乐，就像春夏秋冬之于岁月一样的自然。

　　不要违反自然地去寻找另一种无忧的教养生活，因为，没有一对父母能够不经历磨练就达到教养中的成熟与坚强。

　　只是，我们无须与孩子步伐齐步伐地去过一模一样的生活。父母要先像个父母，而后孩子才能像个孩子。

限制中，生活还是有更美的可能

四

所谓了解与体谅

我想,我们为每一件事所做的决定,才总结成心中真正的价值观;价值观的意义无法只停留在"说"之上,而是我们采取行动的那一刻,心里的选择。

今天一早去买菜的时候,我借道窄巷往更集中的大街去。看到一个坐在路旁的小贩摊上有漂亮的蒜瓣。我停了下来,想等刚买完东西的妇人结完账后再开口。

等待他们找钱之际,我听到卖东西的小贩说:"你还有一块钱没有给我。"买的人很不乐意地答道:"一块钱你也跟我要!"那小贩带点微愠与委屈地说:"我本来赚的就是这样的一块钱、两块钱啊!"话还没说完,该把钱给清楚的人却已走远。

丢在地上的一块钱或许现在连小孩都不捡了,但它却引起我很深的感叹。为什么人能这样理直气壮地觉得一块钱是小事呢?在她买那十六块钱的红葱头中,一块钱代表的是十六分之一的价值,而不是掉在地上也没有人要捡的意义。自我中心的价值判断,常常在生活中以不同的方式困扰着他人,而决定的人却不自知。

也许是因为我在服务业太久了，常常对这样的事有很深的感慨，深到有时候难免多愁善感。

我很高兴自己在人生很重要的阶段，因为工作而证实了人们口中说得那么熟的两个字"立场"，的确是"站着的地方"。人不是植物，足跟是活动的，所以，就任何人的一生来说，总有一天，我们会转到自己对面的位置上。也许在那个位置上，我们才会相信他人曾站此地的心情，才会相信那一块钱与对方有一日生计的关联；也许所谓的"了解"与"体谅"也不该被夸张成特别的美德，它只不过是我们应有却自觉可以漠视的观点与尊重。

我们应该跟别人做好朋友

Pony回学校之前帮我画了一张贴纸，模特儿是我们家的兔子。她要我把它贴在我们餐厅的大门上，免得老要为同样的问题烦恼。我还没有贴上，却有感而发写了一篇文章给非凡的专栏，编辑落的标题是"乐在尊重"，我很喜欢那个"乐"字。

开了二十几年餐厅之后，我愈来愈好奇于当大家必须共同使用同一个空间时，我们该如何建立美好的认识与默契——一种完全不自觉委曲，而是因为了解了别人的存在与需要，所以能欣然接受的限制？

哪些不方便呢？比如说：带宠物进入公共空间。

有一天晚餐，外场的服务人员进厨房向我求救。原来是有桌客人开始喝汤之后，他们才发现竟有小狗一同入座。

我走到桌边关心这个问题时，那一家之主先对我发难，他说："我们订位的时候，你们又没有说不能带宠物。我们从那么远的地方来，要不然你叫我们怎么办？"我跟他一样为难，不过,同时奇怪着自己的孤陋寡闻。回想起来,我也曾在台北市预约过几次餐厅的订位,似乎没有听过任何商家在电话中主动叮嘱我不可携带宠物,我以为,这已经是一种常识的约定了。

在还没有想好适当的应对之辞之前,捧着小狗的小姐突然把膝上的小狗一把提起,她得意地说:"我们的狗不会乱跑、乱叫,也不会掉毛。"

我看她摇晃着爱犬的头以证明不会掉毛之说,心里既紧张又同时有些啼笑皆非的错综复杂。相信每一个商家都知道,当我们必须拒绝有些要求或制止某些行为时,并非自己不喜欢或不能容忍这些状况,而是,商家既是服务的平台,就必须站在其他消费者的心情来思考普遍性的规则。

我听完客人的抱怨与对爱犬优秀的宣称之后,对他们解释:我了解不能带宠物有多不方便,但是,下次如有机会再度光临,还是请爱犬不要同行。我的贵宾们非常不高兴,当下就给了我一个清楚肯定的答复:"下次不会再来了!"

虽然如此,我还是接着说:"因为有些客人的确介意宠物的问题,所以,我会去跟其他桌的客人打声招呼,免得被发现了有所误会。"

那男客非常不以为然，他说："没有这种必要吧！没有人抱怨，干吗要主动去说。"

我笑了一笑，客气却坚持地答道："对不起，这是一定得请大家谅解的事。"然后转过身去一桌桌做了说明。因为有了这样的抱歉在先，我于是安心地走回厨房工作。

工作之间，想起有一次从帕维敦思去纽约，车进新泽西后，乘客拥挤不断。广播器响起低沉温和的嗓音："各位女士先生，你们一定看到许多需要座位的乘客上车了，如果您身旁的椅子放的是行李，请把它拿起来。我们应该跟别人做好朋友！"

跟别人做好朋友，是的，在这个共同生活的世界里，我们每天都必须与许多陌生的人相逢共处。因为有了做好朋友的心情，限制与狭隘就不再是可厌的规条。

宠物的事使我希望自己也能想出一套如此友善的说辞，如果我说得够好，也许能激发人性中乐于尊重别人的本能。

Working at BitBit cafe, I could still tolerate customers with bad attitudes, but it broke my heart whenever I witnessed people who destroyed the ambience for their fellow diners.

If it were me, I would put up a sign that says, "No pets, no misbehaved children, and no parents who can't keep their children in their seats."

过界

餐饮是个奇怪的行业,虽然不是人人对这份工作都有经验,但多数的人却都觉得自己可以给经营餐厅的人一些有用的意见。原因大概有两个,一是餐厅里的营业活动是家庭每日提供的温饱活动,虽然规模不同,但内容与形式并不陌生;另一是,当惯了餐饮的消费者之后,人人自然都从感受与经验中累积了一些希望,一如久病与良医之间的想当然尔。所以,如果有机会谈谈,大家都很内行。

我赞成开餐厅的人都要不停努力,但也同时鼓励后进者要把持自己的方向感。这篇文章虽是一年前为《非凡周刊》的专栏所写的,但也是自己在这个行业中努力了二十年的感想与经验。今年,当我从业者的身份完全退出,转身成为年轻人加入这个战斗的教练,与一位纯粹的消费者时,我对界线的想法才有了真正客观的意义。

在我的认识中,餐饮文化如果要发展出丰富的内涵,消费者是有大功劳的,他们得愿意让营运者保持各方面的创意与特色,两方之间的美好距离,一如我们期待教养出创意丰富的孩子一样重要。

餐厅的门一旦开启，不同的意见与声音一定会纷至沓来，如何在这当中安静地工作，在各种成本、空间、人力与情调的限制中表达我对餐饮的喜爱，是我多年来永远放在心上的功课。

适当的距离是必要的尊重

有人说过："一代吃饭、三代穿衣"，好的饮食文化确实需要生活经验与美感的心情慢慢累积而成。除了食物鲜美、烹调技艺的精进之外，饮食生活之所以成为一种文化，借以表达的形式当然也是重点之一。在餐厅进行饮宴之际，供与需之间的人际互动，更是餐饮文化中非常具体的一面。

我总觉得，业者与消费者之间有正确的距离，才能造就优质的餐饮文化。而所谓"正确的距离"，指的是双方都应该主动付出的尊重。尽管台湾的餐饮市场蓬勃发展，我们却很少想到，属于餐饮人文发展所需要的自我规范也值得提倡。

我要先谈消费者一方常犯的"过界"——自以为拥有开骂指责的权利。

外出用餐,消费者永远有机会遇到自己不满意之处:也许是巅峰时间因为人员配置不够的服务不周,也许是某位新新人类的语言表情让人扫兴到饱。遇到这种状况的时候,我觉得以一种率直或建议的方式表达出自己的感受就好,但不必破口骂人或上网传达负面消息以泄愤。要知道,消费者手中其实掌握了最大的制裁权,你不再上门去消费,对店家来说已是最好的惩罚,加码骂人与恶意中伤并不是我们的权利。

前几个星期我回台南,午餐进入一家汤包店时四周还有将近二十张小空桌,但服务人员却硬要我们去跟六人桌的客人并桌共食。我询问可不可以单独用小桌,但她坚持这是公司的规定,我只好说:"那谢谢你了,我下次再来。"

虽然我觉得这种为预期的巅峰时间而挤压客席的方式不够亲切合理,但还是尊重店家的想法。"不吃"便是我的选择,如果去辩论或争吵,就失去自己当消费者的分寸。就算争到了,那一餐我也是以不平之气在进食,其实不划算。

消费者有当客人不该越过的分寸,店家当然也有当主人应该要谨守的礼貌。最糟糕的店主人,就是自以为全世界只有自己是内行的食家,非要在谈话之间展示专业与经验,即使客人没有主动要求,也硬要消费者接受指导,这是不必要的饮

During lunch today, at a nice Japanese restaurant, I sat next to a woman who had many complaints at the end of her meal. When she payed the bill, the waitress asked her if there is anything that improved on, she waved the girl away. "It's bad," she said, not exactly answering the waitress's question.

I think that is the problem with a lot of customers. They do not know how to appropriately express their dissatisfaction, without appearing rude or unthoughtful.

But if we were only to know one thing, and that is every restaurant needs its customers in order to improve, but maintains its rights to decide what are worthy opinions, then perhaps we can stop treating restaurant criticisms so subjectively, and begin to truly take responsibility of being a good customer.

食压力。

有一次，在一家法式餐厅用餐，听到隔桌一位先生在点酒。为他服务的经理以从瑞士酒店管理学校毕业为荣，他的服装仪态也一如自己的荣誉感一般，带着十足的专业权威。他问客人要哪一支酒，那位态度谦和的先生把酒庄与年份都告知经理之后，我听到那位"服务专家"客气但不以为然地开口说话了。言谈之间，他犯了不尊重的最大忌讳，我认为瑞士酒店学校绝不会那样教导他的。

经理说："你选的这支酒虽然还不错！不过，真的懂得品尝红酒的人是不会选这个年份的……"这种开场已够糟，其后还有将近十分钟的专业教训从他口中流泻而出。

虽是旁听，我也觉得非常莫名其妙，这不是店家自己列的酒单吗？客人选了，却得来一顿教训，那一餐如何能愉快？我顿时非常佩服那位耐心聆听的先生，也非常想念在国外点餐、点酒时，不管餐厅多豪华、我这食量少的客人点得多简单，或酒配得多随兴，服务人员总是开朗地回应说："好的，没问题！"或"当然，我马上为您准备。"

任何人外出用餐都希望有好的礼遇，礼遇的最基本是尊重，而尊重是双方良好的距离。如果一餐饭吃得有阶级感、有自卑感，或服务的人觉得消费者处处挑衅，那一餐如何能消化完整？而我们又要如何来谈所谓的餐饮文化？

温柔的眼，善良的口

我在超级市场遇到正在吃31冰淇淋的日本小女孩Sara，Sara是我们大楼的邻居，和Pony同在ISB的三年级。我一路走近，招手问候她今天好不好，Sara说："很好，谢谢您！"好像不大好意思继续去舔手上的甜筒，她看着我，客气地问道："我可以去家里找Pony吗？"我说："当然，欢迎你来！"却忘了那天是星期四，是小朋友上钢琴课的日子。

买完东西回家，Pony正在上课，但显然Sara已经从侧门进屋里找过她了，因为我在Pony的房门口看到一张胶带贴着的纸条，上半部是Pony画的一只手和一行字——进屋前，请先敲门。

下半接着几行不同的字迹——亲爱的Pony，我来看你，听到你正在上钢琴课，所以先回去了，也许上完课后你会给我电话。下款署着"Love Sara"。

我看着这一来一往的纸上对谈，不禁会心地笑了起来，孩子们的世界多么善良，用语多么温柔。

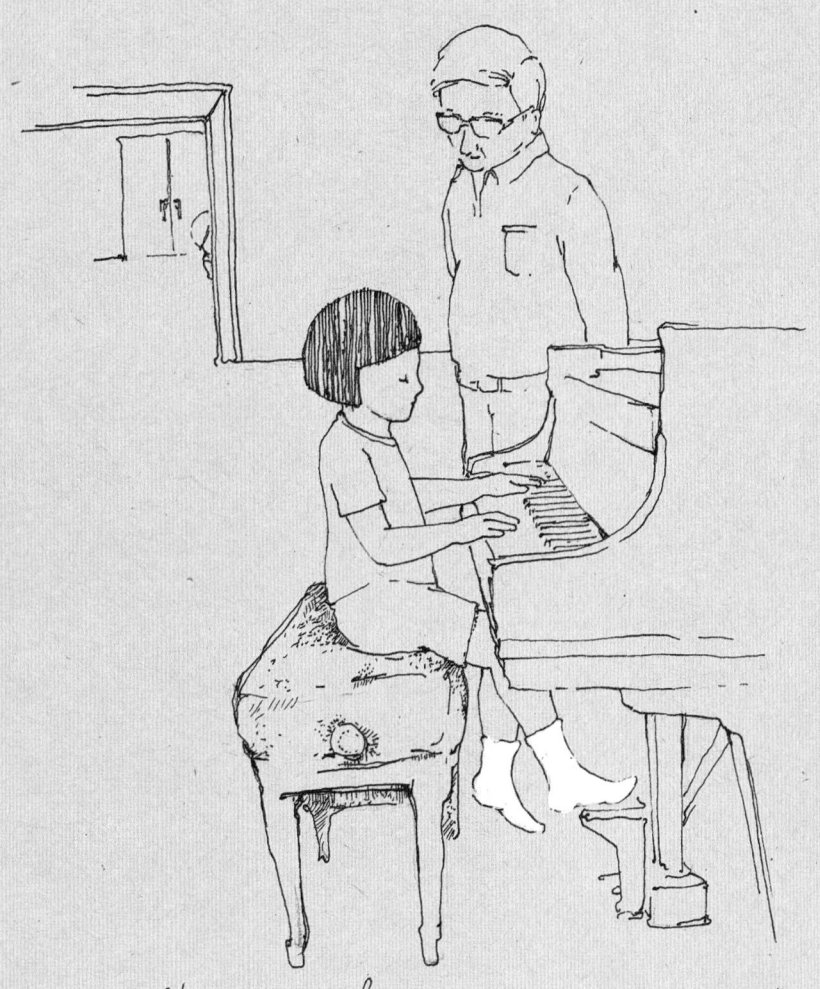

Chopin, my favorite composer and a great master of the Romantic era, died at age 39. Even when I'm 39, I don't think I'll ever get around to playing a Chopin...

想起这件事是因为每次回台湾，总是会遇到一两件语言上的不愉快。有时候不禁怀疑，是不是自己真的离开这个社会太远，渐渐不懂得某些语言所代表的情感了。但是，心中期待着可以听到更和善的用词和口气，而不是吵架似的对谈。

从小，我就怕人家对我大声说话，因为在我的经验中，大声代表着生气的意思，因此好好说话变成了家里的一种规矩和教导。意识里，人平常待人应该非常真诚和善，但遇到探讨问题时就该据理力争，这是语言承载不同情感的区别，否则，我们真正生气时，用什么来表达愤怒？

我相信，真诚、善良和温柔除了是一种必要的认知之外，也一定要由实践变成习惯。记得每天开口时好好说话，一定会好过不逊的态度和刁钻的言辞，久而久之，环绕我们的气氛自然会和谐许多。

歌德曾经说过——人应该每天听首小歌，读首好诗，看幅好画；最后，他还十分幽默地说：如果可能，说几句合情合理的话。

是的，如果可能，让我们不停地学习用温柔的眼和心思来看事情，用善良真诚的口来发出言语吧！

以直抱怨，可也

有人问我："你也会跟人家吵架啊？"我想起跟沈昕在欧洲的一列火车上，我跟几个德国太太"吵架"的事。十几年前的回忆，我那凶巴巴的样子在自己的笑声中又浮现了出来。

我很怕吵架，更怕看人吵架，所以小时候两个哥哥如果吵架了，我会哭着劝架。有一次，不记得哪个哥哥在他的日记作业本上写着："我的妹妹很胆小、很善良，她长大一定是一个贤妻良母。"但是一直被说成很善良温柔的我，却最气事理不明，所以也有几次跌破眼镜的吵架纪录。

沈昕与我从维也纳出发时，我们早已订了留位的车厢。凭票寻到座位上时，却有几位德国中年女士已入座，并跨腿把对座的椅子也占据了，当我们询问座位的问题时，她们只非常粗鲁地用手挥舞，像在赶苍蝇那样，要我们自己去别的地方找位子坐。

这时，除了抗议她们的不礼貌之外，一定还微妙地混杂了一点民族自尊的情绪，所以，我决定要回我的座位。那天我穿着一件无袖T恤，薄外套绑在腰际，我的坚持与服装的悍气非常搭配,大概把沈昕给吓了一跳!那时,她叫我翁妈妈,我要回属于我的东西的坚持,与她所认识的翁妈妈难以联结。

隔了好几年,我又跟人吵了一架。那天是在台南宝仁幼儿园,校区位于小巷弯曲的住宅区中,非常难停车。我因为注意不够,稍微挡到了一位家长的下车,不过一等发现后就赶快移动车子。

没想到那位女士一下车,听完我连声的道歉后更生气,对我怒吼了一段:"神经病,不会开车就不要开车,三八……"虽然我觉得用三八来形容开车技术实在词不达意,但是因为自己有错在先,挨骂也就挨骂了,并没多说什么。没想到等我牵着幼幼班的Pony往停车的地方走去时,这么巧又与她狭路相逢,她似乎一看到我就有气,像加了油的烧柴那样,继续亢奋地骂着那其实单调词穷的几句话。

我脑中浮起一年多来,每个上学日的早上都会看到这位漂亮的女士,她总是打点得很漂亮,一望而知对美要求甚高。她的奔驰汽车停在我们等校车的东宁路站牌时,每天都有好心的家长去帮她开车门、帮她把孩子接下来,但是她却从来没有对大家点过头、致个意,或下车自己送一下自己的孩子。

我大概被她骂得有些疲倦了,又想起她平日的傲慢,我突发奇想地竟然回头,在她的追骂声中以极高度的反差,冷静地插问了一句:"如果你过得这么不快乐,为什么不去死呢?"

"挽弓当挽强,用剑当用长。"是作战的基本策略,但是因为平常疏于练习,以致说这句话时该有的语气包装完全不对劲,没有力度,也没有音量。我叫一个人去死,听起来竟像是个建议,好像在对她说,这件衣服不配那条裙子,你要不要去换一下?不过,也或许是语气太不搭内容了,反而形成了一种很诡异的气氛,她吓了一跳,我自己也吓了一跳。顿时,她不再暴跳如雷了,一片无声的尴尬弥漫在我们不得不休战的空气间。

一如我的观察,爱漂亮的女性一定有某种坚强的意志,她很快地恢复原有的水平,回敬了我一句:"你才去死咧!"当时,我真的有点高兴,因此知道她不会当真接受我那个莫名其妙出口的建议,而且,这回敬稍微弥补了我对自己先前如此粗鲁的不安。

跟人吵架,到底有什么好夸耀的,我竟然啰唆地写了一大堆。虽然我讨厌吵架，吵起来也很难看，虽然我真喜欢《论语》中的想法——"以德报怨，何以报德？以直报怨，可也。"只是，我自己也无法做到"直"。

I don't know why, but people always ask me if I can get angry. Keyword is "can".

Of course I can. It's unhealthy to not be able to feel anger. In fact, I can also have a very bad temper.

Easy come, easy go. That's usually the way I am if I'm angry. Well, I have to be, because I get so hot headed that I stop functioning!

素直

现在的母亲比较少跟孩子们讨论性情与品格对一生可能产生的影响,但我记得,小学有一段时间,母亲常常跟我讨论"素直"这两个字的意思。

"素直"在日语中发音为sunao,字义上的解释大约是说朴素、毫不装饰或绝不故意曲折的心意,如果从另一个角度解释成"诚恳"也非常合适。

小时候第一次听到这个单字,是因为我被指责之后,撅起了小嘴巴,也许还说了几句护卫自己立场的话吧!所以母亲为我解释了这个词。

她告诉我,在生活中如果犯了错,有时候只要很诚恳地说一句简单的"对不起"就很好。母亲说:用最简单的心接受自己犯错的事实,是一种很好的性情。

我当然不是一次就接受了这样的教导,所以记忆中对"素直"的认知是很深刻的。一定是母亲一次又一次地对我解释了又解释,我才懂得"辩解"或"抗拒认错",是自己应该要慢慢改进的性情。感谢母亲当时的耐心，如今使我得着很大的益处。

再想起这个词，是五月初那次从新加坡回台北，隔天回台南，美玲送我去车站，她为我看着行李，我去高铁的售票处排队。

就在轮到我之前，一位男士怒气冲冲地从一旁插队而来，他对柜台内的先生说："我买的是12点15分的票，你为什么给我1点15分的？"那位先生说："你一定来不及，所以我给你下一班。"因为奔忙而更显激动的客人再度质问："那你应该先跟我说，不用让我这样赶。"售票的先生似乎也并不觉得自己该道歉，他不置可否地等尴尬的几秒过去，用消极的沉默等那位先生自己转身走开，然后他才一边开始问我要买哪一段，一边侧脸过去跟同事嘀嘀咕咕自己的委屈。我看着他很不专心地卖票，却很专心地为自己刚刚发生的事情辩解。

我拿到票走回美玲的身边时，忍不住把刚刚看到的一幕跟她说，也说起母亲从小跟我解释的"素直"，其实是一种很好的心理习惯。

那位客人说的并没有错，如果他事先知道自己手上的票是下一班车，就不用在最后的几分钟那样奔忙；而那位服务员如果在当时就诚恳地说一声"对不起"，他接下来的心情与服务质量一定会好很多，更不必向其他的人索取了解与支持。但是，在生活中，我们却总是看到大家愿意花更多的时间，来为不必要的状况防卫、解释、讨论。这当中，什么都齐备了，就是没有自省。

这个月是我工作非常困难的一段时间，事先了解与无法预知的人力状况同时挤压而来，让我不得不改变许多行程与计划。我想起了母亲教我的"素直"，在这个时候也很有用。虽然此刻的我并不需要跟别人说抱歉，但是我可以用同样简单、不抱怨的心来接受突发的不便，并以更努力、诚恳的工作态度来迎接困难。

今天是星期一，我为自己加油！

金钱从来都是人生大事

使孩子对金钱的力量产生盲目崇拜的心情也许不只是环境，更重要的是家庭用金钱来衡量一个人的价值，继而期许一个孩子由会念书到会赚钱的培养过程。父母诠释财富的意义会根植在孩子的脑中。

这篇旧文章使我想起许多生活故事。

金钱的用度

中学部的弦乐团要到印度尼西亚一个小岛上的小学去表演。这个岛上的学校很穷，多年来SAS一直把学校汰旧换新的设备捐赠给需要帮助的地方，除了物质的支持之外，社团的表演表达了更多的关怀。

Pony告诉我团里有些同学不想去，因为这个岛很落后，有些人说："打击乐团去雅加达，而我们却要去那个蚊子很多的小岛。"当他们意兴阑珊的时候，父母亲鼓励孩子们一定要积极参与，于是有位非常不想去的小朋友就跟她妈妈说："我不要去，因为费用很高。"她的妈妈说："亲爱的，去吧！钱不是问题。"于是这位女孩忍不住疑惑地问她的母亲说："为什么每次我要买东西的时候，你就告诉我钱的问题很重要，现在你却说：'钱不是问题'？"

听完Pony在晚餐桌上转述这段话之后，Eric与我不禁会心一笑。天下父母亲的心情都一样，我们都想在生活里帮助孩子们建立起关于金钱用度的正确观念，所以难免有了这些被孩子们看穿的矛盾之词。

在日常生活里我也常教导孩子学习支配生活的用度。两个女孩添置衣物的机会很少，穿的也都是非常平价的T-shirt、牛仔裤，但我教她们把每一件衣服都洗烫平整，并注意自己的仪态。在我看来，青春少女最美的，无非就是自然、健康与礼仪了。

孩子们平常都说不需要零用钱，所以每个星期她们只领取在学校吃午餐的钱，假日里偶尔出门，除了用餐之外，也不买东买西。

当然，以新生代来说，她们两个的生活在所处的环境里真是过度简朴。然而，简单并不意味着生活乐趣比别人贫乏，我发现孩子们其实是不在意某些拥有的，因为生活简单惯了，她们便比较不受物欲的支配，久久得到一次的享受，似乎也让快乐的感觉延续得特别久。

Abby每个星期六为了要去法国大使馆上课总要早起,因为转两趟车而不能多睡一些。我的朋友美桂姐对她非常心疼。

有一天美桂姐打电话给我,问我为什么不让她搭出租车去上课呢,这样可以多睡半个钟头。

我笑了,说:"Abby不会要的,而我自己也曾想过,这其实并不是十几块新币的问题。我考虑的是,既然她在满满的时间表里执意要上课,交通与时间的困难还是让她自己去克服吧,相信这也是很重要的生活学习(在课业上量力而行,也是一种学习)。"

有时候我会想:总是需要太多的支持,是不是也是现在孩子面对生活时显现的问题之一?

每一年,高中部的学生有一次出国交换生活经验的课程,为期一个星期。学校提供许多很好的计划,但是在我们都还没有参与意见前,Abby就已经交出她的表格,她选择要留在学校教幼儿园。

当我们问她为什么不参加出国计划时,她说:"我上大学的学费很贵,不想在这几年再花钱去做这样的短期体验。"

我们告诉她虽然平日里希望她跟妹妹不要浪费，生活要简单，但某些教育费用是我们认为可以的开支，然而Abby却非常坚持这些活动对她的意义并不大。看到大家都准备着要往莫斯科、欧洲或澳洲出发的前夕，Abby在老师的指导下认真地拟订她的幼儿园教学计划，没有一点犹豫与遗憾。

Eric和我于是商量着要让这个孩子开始学习去对自己的预算做安排，我们告诉她这笔钱原本是她教育费用的一部分，因为她自己选择不去，所以我们想知道假设让她自己安排用途，她会怎么使用。

Abby最后的决定是，要把自己省下的这笔钱，捐给台湾一个非常缺乏关怀与帮助的脑性麻痹之家。我告诉她我们会一如她的希望为她捐款，虽然没有特别具名，但留下的汇款单据旁我为她写下：

这是你十一年级所省下的出国费用，帮你转交给你想要帮助的人。每个人都要在自己的一生中首先学会不去做超越自己金钱能力的事，其次便是要学习把自己的金钱做最好的分配，使它对我们产生良好的意义与生活的改变。为你略记以做日后人生的参考。

虽然金钱从来都是人生的大事，然而它却很少被具体地纳入我们所谓的教育内容里。我看过还没进入社会就已经被钱的威力压得透不过气来的小孩，我也领受过完全以金钱来衡量一个人价值的眼光。

可喜的是，无论世界瞬息万变到什么状况，我们仍在真实的考验里感受到许多不能被金钱所左右的价值，这些分量十足的镇石，能帮助孩子们在人生的小船上稳住波涛汹涌的艰巨，相信也会帮助他们探索出青春年岁中更好的滋味。

节制

我心中的"隐私权"是彼此"尊重"。自己开始写一个博客，隐私更成为这个园地无形的篱围。在谈话中，任何人都不必完全同意别人的观点，但质疑与讨论的时候应谨守礼貌的分际，这就是我对博客的认识与期待。不只期待大家这样对待我，也期待我拜访别人的博客时，一定要以此表达尊重。

这是一次关于家计用度的讨论，我想也是每位持家的女性都关心的问题，问我的朋友是Carolluo，她在信中写着：

我对于"买不起"这个想法一直有个疑惑，当你在结账时发现那三万元的价格远超出你的预算，所以你选择放弃不买，可是你应该是买得起的（我认为），只是觉得不需要花这么多钱在这件事上，是不是？

我想从这里切进，再一次讨论我对运用预算的想法。

我买得起三万多的烤箱、三万多的蒸炉，但我买不起那套三万多的杯子，也买不起一件三万多的衣服。这就是我看待与使用金钱的习惯——能长久产生效益的花费，才是我付得起的价钱。

装修房子的时候也一样，窗户、淋浴室的骨架、泥作这些基础的东西必须"万年久远"，所以就用掉预算中最大的部分，其余装饰性的东西，我信任的是自己的眼光，完全没有价值协调的负担。

那套杯子没有买成的半年后，我在台湾一个餐具卖场的地上看到一个盘子，标价贴的是一个十五元，我真是大吃一惊，因为在我看来，它非常美。我喜欢皇家哥本哈根的餐具，是受那蓝白图案的吸引，眼前这个盘子的颜色对我来说也引起同样的欢喜，又是那么迷人的价钱，我为什么要在意它的品牌？所以，我买了十五个，在人最多的时候盛茶点用。它在生活中对我们有非常好的贡献。

价值的认定当然也是左右购买的因素。有个碗摆在莺歌的路边，一个五十元。但在我的眼中，它美极了。用来装茶泡饭或小盖饭，再好也不过，远远超过五十元所标示的价值，或某些以品牌为诉求的高价餐具。

决定花用时，往往也跟心情有关。我有一套日式碗碟是十年前买的，一套各四个。如果有机会，真的很想再添成六个或八个，它的意义有了时间堆累的生活感。有一天，我为了一场活动去采购材料，一进门就看到玻璃柜里有这组餐盘，一个标价三百九十元，可以单买。但是因为那天已经买了好多材料与六十个保罗瓶，所以就觉得不应该再花钱。当"节制"是一种生活功课的时候，它的机制会在不同的时间启动。

我特别欣赏Abby在金钱上的态度，她真的是一个穷而不酸的人。以台湾去美国读书的大学生来说，她应该算是非常穷的，打工的费用当生活费，年年增加的奖学金付学费，但身上还是有一部分学生贷款。

她有多穷，可以从一件事上看出来。

有一天她告诉我，最近太忙没有好好运动，感觉胖起来了，我跟她开玩笑说："你别买新的牛仔裤喔！衣服愈换愈大就会忘了节制。"

她笑着说："妈咪！我不会买新裤子的，我买不起。"

但是，Abby却给我一种生活得非常好的感觉。即使她穿来穿去总是那几件衣服，但因为自己有一种质感，所以可以看到物质之外的好。谈起在宾大有许多富家子弟，但她的心情非

"You'll come down from the Lurch
with an unpleasant bump.
And the chances are, then,
that you'll be in a slump.

And when you're in a Slump,
you're not in for much fun.
Un-slumping yourself
is not easily done."

"You'll get mixed up,
of course, as you already know.
You'll get mixed up
with many strange birds as you go.
So be sure when you step.
Step with care and great tact
and remember that life's
a great balancing act.
Just never forget to be dexterous and deft
And never mix up your right foot with your left."

From Dr. Seuss's
"Oh! The places you'll go!"

常自在，既不攻击别人的生活方式，也不自以为卑微。

大一升大二的时候，她们的宿舍因为积分很好，宿舍要把她们升等到有起居室的房间。但四个室友算一算，非常务实地拒绝了，理由是住到更大的房子，会增加额外的开销。

我觉得这个社会上大部分的人都是这样量入而出、脚踏实地生活的。但是，并不是每个人都能感受，在限制中，生活还是有更美好的可能。

安静

我原本打算在四号的分享会上也谈一点自己从"专职母亲"走入"工作母亲"的心得,但这两天花园里有朋友连问了两次相关的问题,而我也刚好想写一篇"安静"对我的生活有多重要的感想,所以就把这篇当成对Emilia的回答吧!

我虽然每天起早就工作,但是除了曾经目睹我生活脚步有多紧凑的人,大家总说我很悠闲。我不知道造成这种错觉的原因是什么,但是前几天从美玲的来信中,似乎找到了答案。

美玲说:"昨天新新闻来请我谈'慢活'。我强调'慢活'不是一种生活方式,而是一种生活态度;是'世路如今已惯,此心到处悠然',所以,即使像你这样一直用冲的,也是'慢活'。"

我想我一定谈不上美玲所说的"悠然"境界,但是在紧凑的生活中并不特别感到窘迫或怨怒,在时间的不自由中也不感到受限制。我有一种很容易感到喜悦的心态,于是朋友会对我说:"反正你真好,想做什么事就可以去做,要完成梦想就可以去完成。"不过,我怀疑,把这样的生活拿去与人交换,让换去的人也付出同样的心力与劳动当作代价，会有多少人愿意跟我换呢？

我很感谢花园中的朋友Zonya在她的心得中写了一句话："生活这回事，不曾在蔡颖卿教养孩子的过程中被抽离出来。"事实上，这句话可以解释我在家庭生活与努力工作中彼此支持的能量。如果一定要归纳出我能在二十年兼顾变动中的生活与各种工作（我曾经开过八个店）的原因，我会觉得最重要的理由是——我极力维护生活里的安静。安静生活对我来说也是一种节约的生活方式。

安静使我能认真思考、能缩短工作所需要的时间、能转化所面临的各种问题，安静也使我开口说话时能诚恳地表达自己。最重要的是，安静使我拥有一种做任何事都专心的力量。但是，无论在哪个生活阶段，我都不苛求清清楚楚地划出完全属于自己的安静时刻，所以我就利用操作家务（写在书里的洗碗乐）、全心陪伴孩子，也利用热情地进入工作来感受那些安静给我的种种享受，再从这种感受中支取快乐来面对每天循环的生活。

阅读的情味

有位学员在烹饪课里举手问我:"可以问一个跟烹饪无关的问题吗?"

"当然!"我一如往常地回答。

那非常年轻的脸庞使我想起了大一刚住进宿舍的一个晚上,有位大二的学姐看到惠苹跟我,她回头对其他学姐说:"你看她们,看起来好小,看眼睛就知道。"以一岁之差来说,外表上其实不会有多大的差别,但因为我们对大学生活的经验全然陌生,所有的生涩与新奇之感全都写在眼睛里了。因此,我们看起来"好小"。

如今,我身边也常常有一些可爱的年轻母亲,她们看起来也"好小",眼睛里写着最单纯的爱、对自己的期许,还有一些经验中还未稳定的教养探索。如果我顺着她们的眼睛深处一直望下去,我可以回到从前自己年轻的岁月。所以,我愿意回答任何问题,只要我的答案能有一丝帮助与鼓励。

她的问题与阅读有关,她问我为什么总是可以不受影响地选择自己想要阅读的书，我是用什么标准来决定选择的。

无论工作多忙，我每天从不间断阅读，但我并不紧张不断出版的新书，我只是喜欢阅读，喜欢从书中得到的享受、鼓舞与新知。均衡营养是我用来分配阅读时间的考虑。

我重读旧书的时间常比读新书的时间更多，喜欢专书又多过杂志。即使时间非常有限，我也不愿意阅读与我只停留在知识获取的关系上；我要从阅读里支取愉快满足的力量。我小时候很孤独，兄姐都出门后，阅读是我的好朋友；我养成了从阅读之中得到安定、美与享受孤独的情味。

对于阅读，我最喜欢贝内特（William J. Bennett）的《论读书》：

我常对学生说，我教他们哲学入门，也有几分在教他们慢读。学生中有许多学过速读，每分钟能读几千字。我要他们把阅读放慢，欣赏一下值得细读的文字。学完这课程，他们可能几分钟只读五十个字，却首次学会欣赏一个作家何以选用这种句法而不用那种句法，用这个字而不用那个字。我这样做，目的不在加强他们的经验，而在帮助他们吸收经验。

多么好的一段话，一旦有"吸收"经验的能力，阅读就不再是被动的心智活动。每天拨一小段时间阅读，是我在忙碌生活中给自己的小小犒赏，在与书的面会之后，在宁静无声的表面之下，我可以感受到自己心灵的深层搅动着符号学家罗兰·巴特说明的改变：当一篇文字激起智力的泉源时，可以把读者从消费者变成生产者。

应该果决的，应该审慎的

女儿大学毕业回台湾创业之后，因为工作而结交了一些好朋友，每当她与我分享朋友之间的心灵互动或对工作问题的探讨，我对年轻一辈的认识就更加深刻，爱惜之意也会油然而生。他们使我想到年轻时的自己，也帮助我看到二十几年后的此时，我正站在这个生命旅途点的意义。

如果要提供任何有用的经验给年轻一辈的孩子，我会不忘回头去想，自己在二三十岁时，思考的方式与许多计划总是搭配着年轻自发的热情；不可扫年轻的兴致是一份自然的考虑，但不扫兴也并不是起哄或不负责地一味赞同。在经验交接之时，最愉快的就是接与受的双方都有信任与喜悦；给的人一片真心，受的人一片诚意。

最近有个年轻朋友在打算买房的过程中，因为资金的考虑而无法尽快做下决定。当房屋经纪对她发出"可能错失良机"的警告时，她与我分享了自己的财务状况，也表达了自己知道不能强求的心情。

我非常欣赏她面对问题时的沉静与周延的思考，理智显然给

My grandmother has a rule when it comes to savings. She is unwilling to spend a single penny on anything besides her cause, until she has reached that goal. When she just got married to my grandfather, she vowed that she would pay off her brother's loan. Once my grandfather bought her medicine after she found out she was carrying again. My grandmother was furious. "I would rather throw up all day than owe my brother's debt." Without hesitation, she made her husband return the medicine.

予她很大的帮助。

在回信中，我也说出我的感想："你的想法是对的，我相信还有很多适合的房子。更重要的是，我看出你真的了解有些事应该果决，有些事应该审慎。我们不断追求成长与珍惜对错的经验，就是为了要更清楚地分辨这当中的差别，帮助自己学习判断何时该守、何时可为。因为曾经深思熟虑，而后我们便欣然接受其中的得失。"

人的一生都有一些很想要却不能不顾代价去拥有的东西，无论精神或物质，自我劝服与放慢脚步，并不是抛弃希望或放弃努力的意思，而是了解等待自有其意义。在等待中，我们有更足够的时间可以反刍自己的想法，我们可以储备需要的能力。如果我们不把一时的无法得到当成错失或遗憾，就一定不会错过下一个繁华盛开的旅程。

我完全了解要说服自己放下心中向往的挣扎，每当有这样的时刻，我就想起大学时记在自己读书笔记的一段话，是基辛格为埃及总统萨达特所写的诔文中的末段。

没有别的民族像埃及人对永生不灭那样着迷，也没有人像埃及人那样锲而不舍地把握时间——有时大胆地目空一切，有时以不变而应万变，有时仰仗耐力而不贸然进取，有时又大兴土木，用雄伟建筑表示对未来的信心。萨达特已用自己的方法实现了埃及人自古以来对于不朽的向往，和平将是他的金字塔。

虽然，当时我是二十出头的大学生，但这篇文章给我的感受不只是美，也给我许多生命的指引。或许这么说更清楚，它使我懂得梦想实现的可能，并不看在一时。我们是自己生命的园丁，栽种是为了有丰实的收获，但栽种的汗水与苦心却也是不可错过的快乐体会。我非常祝福那位年轻朋友，也相信以她的理智与努力，终会有一栋非常好的房子与她有缘相遇。

祝你——有工作可做

让我有工作可做，让我有健康的身体

让我从单纯的事物中找到安宁

让我的心眼看到美

愿我有诉说真理的嘴，有爱人的心

愿我有明辨事物的智慧，有体谅他人的同情心

驱除我心中的恶意及嫉妒

使我怀有真正的仁慈，崇高的常识

在一天的终了

我只要一本好书

一个可以默默相对的良友

我从大学起就喜欢把自己特别有感触的短文或阅读章节记下。这章祷词是大二时记录的，此后的二十几年里，常常想起为什么第一句不是"让我有健康的身体"而后才是"让我有工作可做"呢？

直到与病中的好友谈起工作时，我才能渐渐领悟写下这祷词者的心情。

我的朋友一找到胃痛真正的病因，就已经很严重了。在他住院的一百多天里，Eric和我如果人在台南，一定会常常去看他。这位朋友热爱工作，但因为病了，周围的人就以此相责，责备里的爱与不忍我都懂，但推敲分析过去的工作过度或压力过大而致病的说法，对于一个已经只能身受医疗痛苦的朋友来说，是我万万不忍的。所以，每次只要有人又在他面前说起这样的事，我总觉得生气。

即使在手术感染，病情并不乐观的阶段中，他也还在心心念念返回职场的计划。有一次我们去看他时，他还打开笔记本电脑给我们看他未来的工作内容。我一直在想，能支持他度过那三百多天辛苦日子的毅力，该有一大部分是来自对工作那份单纯的爱吧！

他使我想起托尔斯泰那段话：

一个人如果知道怎样去工作和怎样去爱、
知道怎样为自己所爱的人工作
和爱自己的工作，
那么他就可以享受到丰盛的人生。

每个人对丰盛的人生自有定义，但我最记得发病危通知那天，所有的朋友都在讨论我们这位朋友该不该如此受苦，这样活着可有尊严。

但躺在床上的他看到Eric与我趋近病床时，我听到他说的是："Bubu，我好痛！"而不是："我不想活！"在那生死的一线间，我知道了一个人不应该随意批评任何一个形体已不够美好的人活得不够尊严。还有比勇敢求生更庄严的事吗？

我的朋友是许多人口中因太爱工作而英年早逝的人之一，他的生命长短因此被用来论断他的努力值不值得。但我尊敬他，也相信他深知工作之中的责任与美，不会愿意我们把一个人的病视为努力工作的惩罚。

在每一天的开始,希望你也能感谢自己有工作、有健康的身体,无论这份工作是出门或在家,都要非常珍惜自己与生活的联结。

- 行 为 日 记 -

　　忘了反省的生活，错误不断、自我阻碍，浪费掉许多身心资源。所以，我最需要的是好好地面对自己。

　　反省不只是想，更是回头去看自己的行为、去想自己言谈中的诚意与温度。

　　经常在那样的看与听之下，我发现一个更好的自己和一个愿意前行的心意，更在那种随着时间调整的远景中，感受到自己可以倚赖的安全感。

把生活爱得热气腾腾

五

煎饺的微妙

昨天一早和Eric去台北后就各自去忙,再碰面时,已是下午三点多。我们都饿了,选了一家拉面屋用餐。这是我第一次在台北吃日本拉面,除了拉面,也点了煎饺。拉面很好吃,但那盘煎饺瘦瘦弱弱、一份五颗,稍嫌零乱地散在盘中的样子,确实少了一点风格与精神。

我也喜欢在家里做煎饺,饺子要包得像元宝,漂亮的褶是包水饺不该遗漏的乐趣之一。吃煎饺的蘸酱,我用的是韩国人蘸海鲜煎饼的调味搭配:酱油∶醋∶糖∶胡麻油以6∶3∶2∶1的比例拌和,再加辣椒粉、白芝麻和细葱。

昨天那盘煎饺使我想起了两年多前写的一篇文章,原来,我已经离开台南那么久了;原来,时间只有在回顾时,才会在我们完成的事物中显得真实具体。

我以前包饺子多用水煮,很少用煎的。自从在博多经过那个难忘的晚上之后,我也开始喜欢煎一锅煎饺。做煎饺的时候,我常想起那个一身黑衣、一脸执着的大男孩,想起他慢慢地煎、耐心照顾那个方型煎锅的神情。

那个晚上,Eric跟我本来想走到天神那边的屋台(夜市食摊)去吃烧烤,但转过车站不远,却被一个小摊吸引了。说不上为什么,是那昏黄的灯光吗,还是因为不像中州、长浜那些集中的摊贩,它的孤零零,反而更显眼了?走近时才发现,清一色的男性上班族差不多把座位都坐满了。

我们勉强挤在面对摊位的位置上,先点了饮料。摊位的主人迅速地递上启盖的啤酒和两只小玻璃杯。匆促间面对面的一眼,我发现他非常年轻,穿着一身烫得浆挺的黑衣裤,深刻的神情虽然亲切却十分疲倦。

他同时做着许多工作,照顾串烧、烤鱼、切客人随点的关东煮、温酒,还不时留意探视着一只煎蛋的方形锅。黑暗中的几盏灯,把他的动作之处烘托得像一个舞台,他做得那么专心,每一个小动作都让我感觉到从他眼中散出的艺术之感。当我闻到那锅煎饺慢慢散出愈来愈浓的熟成香味时,忍不住也加点了一份。

那大男孩凑近跟我解释,因为有好几份煎饺还没入锅,我追加的那份,可能要等上好一会儿。当我近距离再度看到他的脸色与神情时,我确定了先前自己的预想:他病了,但勉强撑着在工作。

那晚，我用一种虔敬与复杂的心情吃完我的一餐。在回饭店的路上想起了许多事。当自己走进餐饮这条路之后，也曾有过几次跟他十分类似的经验，人明明就要倒下去了，但是一走进店里的厨房，却能在身体的抽痛或哆嗦中撑了下来。那当中微妙的感情与力量到底是什么，其实是说不上来的。

今年的平安夜，是我在台南开餐厅满二十年的日子。我选择在这一夜结束我的餐厅"公羽家"的营业，让这个在圣诞节启幕的梦，在平安夜完整地画下句点。

二十年，不去想便不觉得路长；一旦回了头，看到路上深浅不一的脚步时，我也才确定自己曾用什么样的心情来爱过这个小小的梦——的确是努力的！的确曾为许多微不足道的想法坚持过也奋力实现过了。

我觉得很高兴，计划着该如何把这二十年的努力，用最美的心情，在未来的三个月写完属于它的最后一句，然后画下一个完整的句点，转身离去。

我想，我一定会在繁花盛开的春天，在二十年马不停蹄的稍歇后，穿越一个旧的长梦，然后迈出新的脚步，走入另一个等待构筑的人生心路与生活新路！

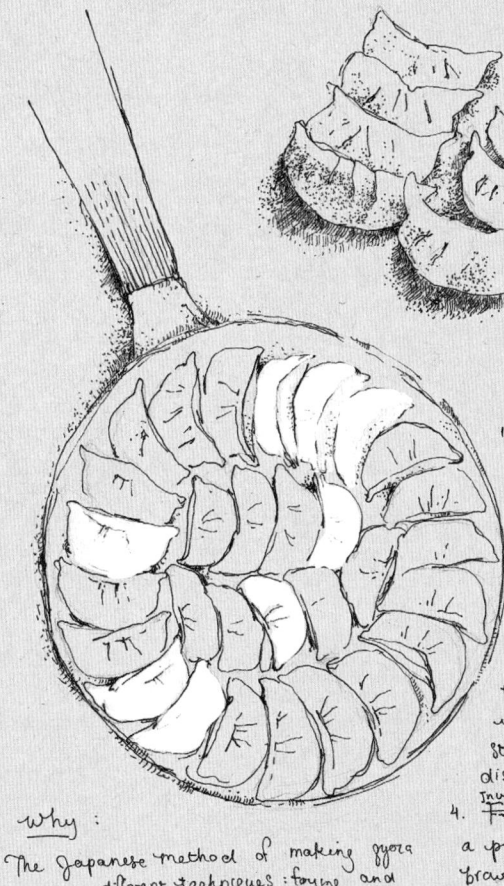

How to pan fry gyoza:

1. Arrange the dumplings so that they fit snuggly into a shallow frying pan (oiled).

2. Turn on the heat. Let the bottoms brown for a few minutes.

3. Add a little water to the dumplings. Cover with lid and let them steam until the water disappears.

4. ~~Flip~~ Invert the gyoza onto a plate, so that the crispy brown sides face up.

Why:
The Japanese method of making gyoza uses two different techniques: frying and steaming. The result is a dumpling that is tender on top and crispy on the bottom.
It is important that the dumpling browns first, otherwise the skin will be gummy with moisture. Like any fried batter, the gyoza's crisp surface is a chemical reaction between high temperature fat and flour.

用彼此的真诚，在爱里相遇

七夕的晚餐，三峡的夕阳还没有落尽前，我们餐厅的每一张餐桌都已点上烛光。虽然是个需要额外工作的晚上，但所有的工作伙伴却只有兴奋而没有疲态。

特别开放这天的晚餐并不是因为"情人节"，而是因为几个星期前的一封信。

信写了两页，附上的照片是一对年轻朋友与我在演讲会上的合影，写信的是那年轻的男工程师。他说他的女朋友很喜欢我的书，为了给相恋九年的女友一个惊喜，他很想在中国情人节那晚在Bitbit Café向女友求婚。

跟Eric和孩子们分享这个消息的时候，我只听到一声惊呼。很快地，每个人都认领了一份工作，Abby跟Pony是食物与甜点的热爱者，她们马上为这甜蜜的聚会动手设计当天的甜点盘，而我也在心里计划着要如何以行动来祝福这对年轻人。

我打电话给惠苹、泓灵，邀老友一起来过情人节，如果泓灵能用他的琴声陪伴男主角，我想，这会使他更有勇气。

七点半，弘燃与淑芬已经在角落的桌上用完主菜。几次远远偷望，我可以感觉到弘燃的紧张。我想，如果出甜点前他再不求婚，不知道会不会紧张到肚子痛。虽然我也跟他一样坐立不安，但还是受人之托忠人之事地走出厨房。

我走到桌前自我介绍，淑芬很快认出我，并叫了声："Bubu姐!"看起来有些激动，我拿出信封跟她说："这是我要给你的信，但请先听完弘燃要对你说的话之后再拆信。"

她开始微微地发抖，脸上出现一团迷雾般的表情，喃喃说着："怎么了！到底发生什么事？"

弘燃慎重地从口袋拿出他写好的卡片，一字一句开始念他一定早已放在心里的许多话。我听到他对她细细的感谢，我也听到他说，从今而后要更珍惜地好好照顾她。

然后他拿出戒指，问她可以帮她戴上吗。

在泓灵的琴声中，在所有客人的祝福下，戒指套在了淑芬纤细的指上，而她还在发抖。

我的礼物很微薄，只是用手抄录了席慕蓉的诗，希望淑芬与弘燃带着大家的祝福，用彼此的真诚，在爱里建立自己梦想中的家庭。

你是那疾驰的箭
我就是你翎旁的风声
你是那负伤的鹰
我就是抚慰你的月光
你是那昂然的松
我就是缠绵的藤萝
愿
天
长
地
久
你永是我的伴侣
我是你生生世世
温柔的妻

弘燃在Bitbit Café向淑芬求婚那晚，我才算正式认识了这对年轻人。虽然弘燃很细心，先寄来他们俩在一次演讲中与我的

"Love is the expression of one's values, the greatest reward you can earn for the moral qualities you have achieved in your character and person, the emotional price paid by one man for the joy he receives from the virtues of another."

"As there can be no causeless wealth, so there can be no causeless love or any sort of causeless emotion. An emotion is a response to a fact of reality, an estimate dictated by your standards. To love is to value. The man who tells you that it is possible to value without values, to love those whom you appraise as worthless, is the man who tells you that it is possible to grow rich by consuming without producing and that paper money is as valuable as gold."

合照，但再见本人时，我还是讶异于他们的年轻。

餐后，淑芬与弘燃亲自去大桌跟泓灵夫妻致谢。惠苹恭喜他们之外不免担心地提醒淑芬说："还是要回家问过爸妈一声才好！"为人父母的同理之心很快地出现在惠苹这资深母亲的脸上。浪漫很好，找到一个适合的伴侣更好，但这么年轻的两个人要订下终身，父母知道这件事吗？毕竟他们看起来只像个大孩子！如果不是因为在那之前的十几分钟有机会跟这对年轻人交谈，我也一定会有同样的担心。

"惠苹姐！我已经三十岁了。"淑芬笑着回答惠苹，这时惠苹脸上露出了一抹安心、喜悦又讶异的笑容。

原来他们是中学同学，真正交往也有九年了。两人不只诚恳珍惜地经营着青梅竹马的情感成长，还非常有计划地储蓄，为共有的未来购屋，并开始装修，如今只等待婚期的决定。

求婚晚餐过后的一天，大家又谈起了他们的爱情故事。七嘴八舌间不知是谁开口问道："既然他们都在准备房子，就代表已经认定对方，也一定会结婚的嘛！为什么还需要这么郑重其事地求婚？"这时，每个人都有自己的感叹与看法，但我最记得的是Abby接着说了一段让人心有戚戚焉的话，她说："我觉得这个求婚最可贵的地方是，虽然他们已经为结婚做了这么周详长久的准备,弘燃却没有把这一切视为理所当然,还是这么用心地准备一个仪式来表达自己。"

真的!情感从来不是自己变质的,大概是因为我们常常把生活里的美、爱、平安与和善都视为理所当然,于是就失去了感受与珍惜的能力。

不用说的爱

爸爸星期二早上七点要进手术室前,头上戴着一顶桃粉红的手术帽。假牙拔掉之后,上排与下排牙齿都只各剩两颗,两颗牙因为在上下各据一方,所以维持了某种奇妙的平衡,笑起来很可爱!

爸爸从不讳言他要活到一百岁的心愿,因为打破自己母亲的长寿纪录,才能证明青出于蓝且更甚于蓝。

我的奶奶九十六岁过世,她走了之后我们才发现,十几年来她应该服用的糖尿病用药全被她藏了起来。奶奶完全无视于医学的帮助,也没有任何养生之道。如果以健康管理来说,她的生活方式应该算是非常任性的吧!但在这个世界上,也许也很少有人像奶奶那样真正单纯与快乐,这算是她的养生妙方。

爸爸似乎完全承袭了奶奶的精神遗产,对人能活着这件事,充满喜悦,而且珍惜。因为这样,即使身体有病痛,他们也从不抱怨。慢性病与他们的身体有特别的共处。

爸爸八十四岁了,每几年就经历一场手术,即使他看起来并不害怕,但一向指挥若定的妈妈,却在星期一下午、我们该去见医师安排住院之前，血压突然升高、满脸冷汗。

我们劝她不要去医院了，而她也觉得自己晕眩得厉害，无法出门，她很仔细地把一张纸条交给我们说，要让医生知道爸爸在几年前开过什么刀，他的心导管与服药的问题。不过，交代归交代，时间一到要出门前，妈妈还是换好了衣服，坚持要一起去。

隔天早上，我们一起送爸爸进手术室之前，妈妈提醒护士小姐说，爸爸耳朵不好，如果有什么事请大声地说。爸爸当时很不以为然，他马上辩解说："没有这回事，我的耳朵只是不适应我太太的音频。你的声音很好，我听得很清楚！"

这句话把本来看起来担心的妈妈逗笑了，她开玩笑地说："哎呀！我原本打算跟你说I love you的。好了，现在不说了。"

爸爸轻轻挥挥手，轮椅被推走前，他接着说："不用说！不用说！我心领了。"

爸爸下午一点半出恢复室前，哥哥和我在等候室陪妈妈。在弥漫回忆的谈话之间，我偶尔会想起爸爸那"不用说"的爱，想起他们奋斗起家把我们养育长大的爱，想起让他渴望要活到一百岁的爱。那庞然丰沛、涓涓日流的情感，大概是无法用一个具体的字来代替的吧！

等我长大

过年前我们去三峡过了三天两夜，准备把新家的装修工作告个段落。因为担心Bitbit自己在家，所以我们用一只提篮带它一起出门。

这是Bitbit第一次出门旅行。在高铁上，它看起来非常紧张，整个缩成一团。为了让它放松，Pony把它从提篮里抱了出来。破例让它轮流坐在我们身上，摸它、喂它喜欢的巴西利当点心。

爱与温和果然能使任何动物放松心情，一个钟头之后，Bitbit已经十分开心自在。当它开始试着要爬过Eric的肩膀时，我们决定要把它放回笼子，以免一不小心，弄得自己尴尬得下不了车，毕竟它没有穿尿裤。

不过想时迟、那时快，才一动念，一颗温热的便便已落在Eric的手中。就在我们笑弯了腰，赶紧把这个小捣蛋棒回篮中后，我们看到Eric的裤子上还有一整排"正露丸"，往下一看才发现更糟的事，椅缝之间竟然完全被Bitbit的便便填满了。原来，它比我们想象中还要更放松。

在抵达桃园之前，我们的工作就是急忙挽救自家兔子对公共环境的卫生污染。

到达桃园站，我跟Pony提着兔子在大厅等Eric去停车场取车，座位旁有个大约一年级的男孩跟着妈妈，他好奇地盯着我们的篮子望。

Pony对他笑着说："是兔子，弟弟要不要看？"

那孩子走了过来，带着满脸的惊喜回头问他妈妈说："帮我问问看，我可不可以摸一下啦！"

在他的妈妈还没有开口之前，我们已经满口鼓励他跟Bitbit做朋友了。

那孩子好可爱。他轻轻摸了摸Bitbit，好喜欢、好满足的神情，然后抬起原本紧盯着Bitbit的眼睛，对着Pony和我，坚定、满怀希望地说："等我长大当爸爸了，我要养一只兔子。"

过年这几天，我常常想起那个男孩，想起在那个冷冽的大厅里，他那小小的宣告多么有希望，又多么有力量。

一个小小孩，心里清楚自己要养宠物是不可能的，所以他没有回头央求妈妈的允许，可以想象他平常有多乖。"长大""当爸爸了"是他心中所了解的自主与知道日后可以达成的希望。

我想起自己在不同年龄也有过许多自主的渴望，即使成为孩子心目中可以发号施令的妈妈后，某些自主的念头，也永远会在生活中冒出期待的泡沫。

新的一年已经开始，当我想起这个小男孩时，我想到我们每个人手上都拥有一份完整的"自主"——我们与岁月计时的重新开始。

我一定要常常想起那个男孩的希望，像他寄望在那份可以拥有的自主那样，善用我刚刚领到的"新的时间"。

妈妈的手，总能把意念化为行动

我有一双丑丑的手，虽然深知人不该妄自菲薄，而且身体发肤受之父母，更不应随便诋毁自己的容貌；但是我的手比起同年龄的人来说，真是难看许多。

它们很瘦，所以血管凸凸地浮于皮肉无法丰腴包裹的筋骨之间，指甲倒是好看的，经常剪得很齐，看起来很干净。手上从来没有任何饰品，因为再漂亮珍贵的珠宝都与它不相称，它爱自由，受不住物品的拘束。

"妈妈书"出版之后，有时候有广播节目的采访，虽然我不习惯当众说话，但是为难的感觉却远远比不上签书这件事，我真的很担心读者看到这双指节隆曲、筋骨浮凸的一双手时，会吓一大跳。

人们总说，一双手最出卖年纪。在我看来，我的手似乎更出卖我的生活方式与生活概念。

我的手对我很好，不管我心里想什么，它总是帮我把意念化为实际的行动。也许因为它总是不喊累，所以我的心就不断下令让它忙个不停。除非我睡下，否则我的手多半总在工作。

不只是我自己，连陌生的朋友也注意到我这双有些"与众不同"的手了。有个初冬，我应邀到花莲去与一群家长分享育儿经，主办的陈老师在几天后给我捎来一封信，信上说：

Dear Bubu Mami,
谢谢在第一个真的感觉到寒意的日子来和我们分享；
谢谢你在分享的过程中真诚地表达了你的不同意，
这些让我重新思索什么才是教育。
今天我如同往常的惯例打电话和我的妈妈聊天，
谈到了昨天你的分享，我还告诉我的妈妈你有一双像她的手，是一双劳动的手。
她告诉我，她的手代表着她一生为我们的家投注的努力，
是她感到骄傲自豪的；
你知道吗？看到你的手和我妈妈的手一样，让我感动，
我还告诉她，我很高兴能在拥有一个属于自己的家前，
有这样的机会和那么多的家庭一起学习如何和孩子一起长大，
很谢谢大家！
趁圣诞节来前，我得好好地将荒废多时的家事好好补做，
也期待下回你来时可以邀你来我的小窝喝杯茶，
学习不心急，感受心里的那份真正的温柔，

With Rieu, I learned that there were countless possibilities

when it comes to being talented with your hands. Some were blessed with agility, others finesse, or speed.

But no matter what, a good pair of hands always knows — no,
-feels - the power of being in control.

是我对自己的新的期待。

也向您的家人问好,

期待有一天也能认识她们。

读着陈老师的信,我再看看自己移动在键盘上的手,它无论如何都不像是一双"写作"的手,写作的手应该透露劳心不劳力的讯息。但我心里清楚,如果我能有任何一本作品出版,都不是因为我的心贡献了这些构思,而是我的手把心中的想法化为实现。

年底有一天,我在包Pony喜欢的羊肉白菜饺,Eric随手帮我拍下了那刚刚折好边的水饺。照片从相机取出后放在计算机上,我看了吓了一大跳,手上的皱纹与筋脉不似眼中的突显。

我跟Pony说起自己难看的双手时,她非常贴心地安慰我说:"妈咪!你的手一点都不难看,不信我帮你画张图。"她果真几笔就画成我的手,在那淡淡的色彩下,我的手的确"一点都不难看"。

孩子用爱柔焦了我那历经家事的劳务刻痕,但又巧妙地保留了我为她们制作美食时的快乐心情,那一刻,我看着我的手,心里升起了爱怜的情意。

因为有光

惠芳与我是相识十六年的朋友，初识那年，她的儿子与我的Pony都还是小小孩。我记得我们第一天见面的时候，惠芳脸上可爱的笑容就像枝叶新吐的嫩牙，她的浅绿连身洋装还有那刷在眼睑上淡青的眼影，也都是春天里的轻轻探问。在那个料峭的晨光里，我不能不相信冬天真的走了。

十六年的友谊多可珍惜，虽然这几年因为我离开台南而不能常常见面。不过，只要通上电话或几年才碰上一面，我们也没有任何的隔阂之感。

几年前，我听到惠芳在学画，她似乎非常认真也非常开心。我期待着要去拜访一下她的画室，听更多她作画的心情，却一直未能如愿。

今年生日那天，一早收到惠芳的信，她要我帮她看一篇自我介绍的短文，是她与朋友的联合画展上要用的。

我看了不只是心里觉得高兴，也感受到惠芳这映照在生活里的光的魅力。

记得有部可爱的法语电影《蝴蝶》中,有句歌词是:

Pourquoi tu me prends par la main?
为什么你要我握着你的手?
Parce qu'avec toi je suis bien.
因为和你在一起,我感觉很温暖。

真的,我觉得很温暖!惠芳的文章让我觉得很温暖,因为有光,世界变得不一样。

以下是惠芳的分享:

我的父母非常用心栽培我,念完大学还送我出国继续深造。在研究所里,指导教授和其他的研究生都很喜欢我,因为在漫长无趣的实验室里,我总是发掘很光明的愿景。即便交不出报告,我也会让指导教授满心期待他的高徒有不得了的创世巨作即将问世,所以常常享受到指导教授心甘情愿帮我提点作业的福利。当然我也没有丢他的脸,终究是以高分毕业于研究所。

事后分析为什么他一次又一次甘愿接受我的想法,其实是因为我看到了那报告里一点点的寓意，这一点点的不一样放在生活中，让原来不怎么精彩的事物，变得如此动人。于是我学习把它画下来，用我敏锐的观察力，把我看到的事物，分析整理出来；如果唤起欣赏的人对生命有一种不一样的观感，应该会更关怀周遭，应该会更了解，世间事有许多光明面，只要我们迎向光明，光明就在那里。

所以我的画里净是光线的跳动，这也正好迎合了印象派的精神。

我不是美术科班的学生，自然也不是在教师林立的环境中作画，没有随时的提醒和告诫。不过喜好和悟性倒成了我画室中的罗盘，一直以来我就是顺着这种感觉作画。

不要吝惜表达爱

几天来，我的心都被Somkid Chaijitvant的摄影散文《镜头下的人生》占满了。书里有那么多真实厚重的爱，安慰着此刻我们无法平静的心情——远在台湾的婆婆又传来日渐衰弱的病况，在等待着回去探望她的前夕，翻译Somkid的文章成了我很大的安慰，但愿我的朋友也同感如此温煦浓厚的人间之爱。

玻璃里的一课

这些瓶子曾以一只四十元的价钱在店里的橱窗标售，但如今它们已成无价之宝。

这些多彩的玻璃瓶是一个二十九岁的男性业余创作者的艺术成果，这个工作在他死前曾带给他非常大的快乐。每天上班前或下班后，我总是看到我的弟弟忙着为这些瓶子喷漆，转动它们直到变成一只只色彩丰富的花瓶。

等待喷漆的空瓶排满屋前，而完工待干的花瓶则搁置在屋

Brown Penny

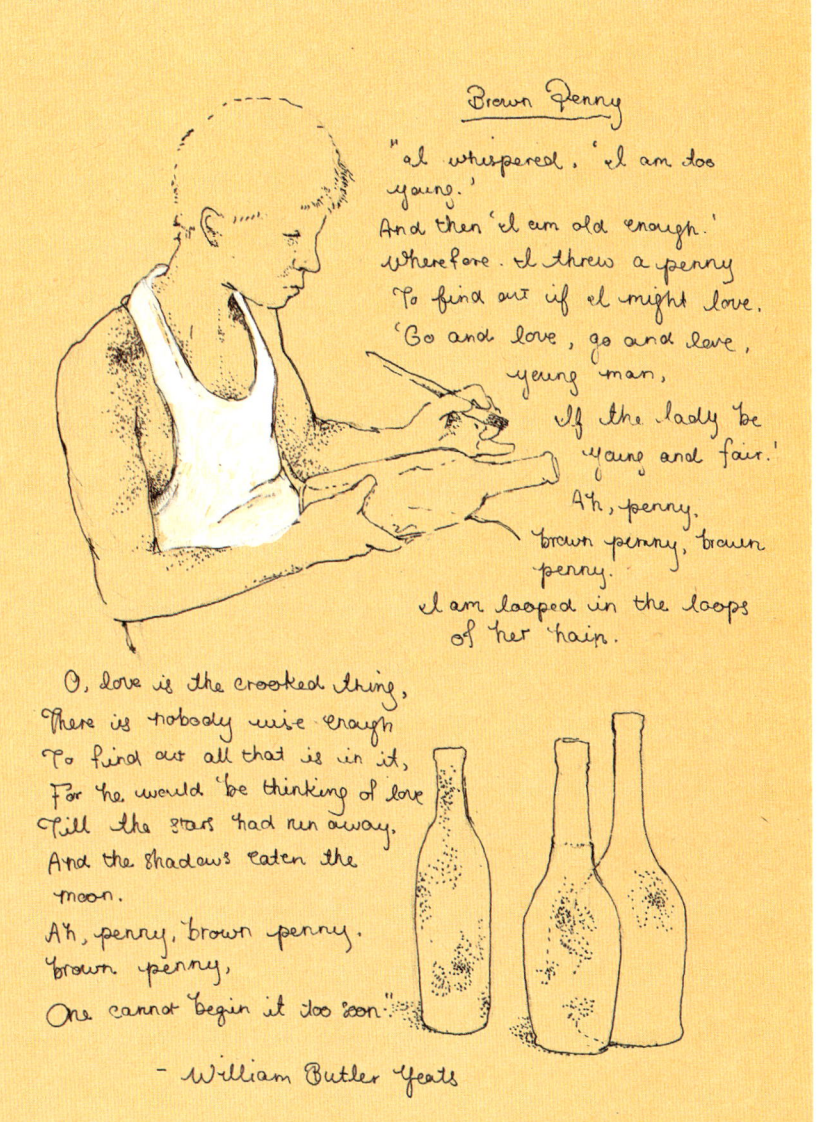

"I whispered, 'I am too young,'
And then 'I am old enough.'
Wherefore I threw a penny
To find out if I might love.
'Go and love, go and love, young man,
    If the lady be young and fair.'
        Ah, penny,
    brown penny, brown penny,
I am looped in the loops of her hair.

O, love is the crooked thing,
There is nobody wise enough
To find out all that is in it,
For he would be thinking of love
Till the stars had run away,
And the shadows eaten the moon.
Ah, penny, brown penny, brown penny,
One cannot begin it too soon."

— William Butler Yeats

后，我清楚地记得他制作的每一个程序。虽然这些瓶子并没有卖出，但弟弟还是继续制作他的花瓶，因此在我们屋子的四周，到处可见他的作品。

几乎每个月我都会买些喷漆给他，好让他所喜爱的工作可以继续下去。我们没有为此多谈，我也只把自己的欣赏深藏在心中。

但我不再买喷漆给他了；出门前或工作后，我也不再能看到他的脸。他在一个下午离我们而去，医生说他脑中的血管猝裂，我们来不及说再见就在人世间永别。

我不曾对他的作品表示过赞扬或给过他任何鼓励，我也不曾有机会对他说我爱他有多深。我只选了一对色彩最亮丽的瓶子放在他的墓前，那是我能为他做的最后一件事。

他的离去让我学到重要的一课。我想我应该要实时对我还健在的亲人传达我所体会到的爱。

两只小鸡

每晚总爱在我们房间赖到被遣送回自己睡房去的Pony，昨晚突然早早道晚安说要去睡了。我看着那张调皮的十七岁脸蛋，讶异地问："怎么了？今天这么乖。"她笑着说："小鸡很早就起床，我得早点睡，这样可以早点起来喂它们。"她走出房间后，我蒙在被子里笑了一阵，心想，每个大孩子都该养小鸡，然后把闹钟丢掉。

Pony求了我半天，我终于答应从赖妈妈的园子里借来两只小鸡让她养。纸箱中原本垫着报纸，但Pony说花花绿绿的字纹无法衬出两只小鸡的美丽颜色，所以再加铺两张洁白的厨房纸；喝水的小杯也从我的餐具柜选了一只迷你烘焙碗来搭配，我们的小鸡看起来更加可爱。

一只叫班，以日文班先生（班样）相称，它的发型非常酷，特地去美容院也剪不出那样有型有款的发式。

我一直追问赖妈妈，班样长大后，那段空着的脖子到底会不会长出羽毛来，赖妈妈只答非所问地说："你不要看它长得那样，这只的肉比另一只好吃呢！"自从得到这个答案后，Pony

就不再吃鸡肉了。

另一只是"柚子"，也以日文发音，因为Pony开学后要考日文SAT2，所以现在我们只好在生活中安排一些临时抱佛脚的小练习。

养了两只小鸡后，我才发现鸡的眼睛很大很圆；倒是因为养小鸡而睡眠不足的Pony，以前被我们称为"龙眼"的圆眼睛，已经叠上好几层不该有的多眼皮。她的小鸡天微亮就大叫，我们的现代花木兰只好奋力从床上爬起来帮小鸡换尿布、撒饲料、换水，像个睡眠不足的新手妈妈。

每天早上，Pony把班和柚子放出来，让它们在小花园中跑跑。她特别喜欢两只小鸡玩倦了要回家找食物的样子，兴味地看着它们的背影说："好像卡通影片中要回家的小鸡。"

我想起Pony六年级时曾养过好多蜗牛，这一次，不知道她又有多少奇想要发挥。不过，能让她因为养小鸡而早早上床，真是再好也没有！

Never seen such a weird chicken. Ben looks like a cross between a hen and a vulture.

Yuzu. So called because this yellow fluffball resembles the Japanese citrus. It's too bad he doesn't smell more like it.

只是因为"可以爱"

小朋友们养了两只大颊鼠，为了表达对我们的谢意，竟然给小老鼠冠上爸爸和妈妈的姓，姓翁蔡，名阿鼠。从此我有了一只和我同姓的小老鼠，另一只则取名将卡。

我不爱鼠类，但学着和孩子们去发现它们的可爱之处。阿鼠和将卡可是很受宠爱的小捣蛋，除了有Pony每天亲自伺候的新鲜蔬菜之外，还有各种健康食品和恐龙形状的甜点饼干。住的透明屋愈接愈长，有玩具有健身房，让我自叹不如。

整个白天，阿鼠和将卡都在睡觉，傍晚时分醒来，开始大闹特闹直到天亮。清晨六点十分，孩子们下楼搭校车，阿鼠和将卡开始沉沉睡去，像特意安排的交接班。无意中，我们建立了日本人梦想中的日不落国，日里夜里都有家庭成员清醒着。

我开玩笑说："把它们送到美国去，不知道会不会调整好时差？"孩子们很坚决地摇摇头，原来她们已经从图书馆借来厚厚的书，把小老鼠的习性研究得一清二楚了。好吧！这么说就是卡通影片里那回事啰！人睡去，鼠猖狂。

慢慢地，我也习惯了每天要去看看阿鼠和将卡有什么新把戏。有时候放它们在"鼠球"（Hamster Ball）里到处走时，我会很兴奋地尾随在球后，看小鼠到底最喜欢去谁的房间。

有一天，当我饭后拉把椅子坐在透明屋前，忘情地看着它们可爱的举动时，孩子们终于发话了："妈妈好像咖啡猫主人的爸妈喔！"

"为什么？"我问。

"因为John的父母住在乡下，他们没有电视，所以常常坐在洗衣机前看着转动的衣服，然后很兴奋地说，看、看，红袜子又出现了。"

听起来很有趣，我也是不爱看电视的，但回想看电视的感觉其实不比现在看着阿鼠和将卡来得有趣。

我曾经想过，给孩子们养只宠物到底有什么特别之处。后来发现，最大的趣味，是自己从她们对待宠物的态度上看到了我们对待孩子的情怀。当她们依依不舍地和两只老鼠道晚安说再见或哄它们吃东西的时候，不就是我们对她们的温柔和耐心吗？

我问Pony:"养阿鼠到底有什么好?"

"因为可以爱它们。"她想都没想就回答我。的确,可以爱它们,大概就已经是一个够好的理由了吧!

父母养我们、我们养孩子,应该也都只是因为"可以爱"和"可爱"吧!

My cousin used to have a cat named Bento, who he would talk about all the time. When ~~they~~ he and my aunt came to visit us, they couldn't stop reeecunting Bento's many naughty stories. We thought they've got to be mad, being so crazy about a cat. It's just a cat, what's the deal?

And then we got BitBit and Bo, our rabbits. Very soon too we found ourselves talking incessantly about their cuteness, whether they were next to us or not. So is this a disease that plagues pet owners? Or have we simply gone crazy, like our cousin and his dearest Bento?

太郎，提起脚步，向前迈进

找出"阿鼠"的照片是为了送给我新近认识的邻居小男孩，他大概四岁多一点吧！

我们第一次单独谈话的时候，他手里提着一个小透明盒，里面有一些枯木和几只很吓人的小虫。我跟他问好的时候，他害羞地垂着头，我于是问起那几只实在让我感到害怕的小宠物。

"是面包虫，它们的食物是木头。"谈起这个有趣的话题，他似乎不再那么畏生了。我们一起走出电梯时，他有感而发地说："我妈妈很害怕我的面包虫，如果它们跑出来，就会把所有的柜子吃光光。"

过几个月，有一次我经过中庭时，看到他独自骑着脚踏车在绕圈圈玩，我忍不住走近问他："你的面包虫呢？它们好吗？"

他看起来好失望，但似乎又很讶异我还记得他就是那些面包虫的主人。用力吞下一口口水后，他望着远方说："放走了，爸爸说要再买幼虫来给我养。"

我很担心自己无端让他想起那些珍贵的回忆，所以赶快转个话题，问他可曾想过要养一只仓鼠。我把我们家好几年前养"翁蔡阿鼠"的故事告诉他，还答应要送他一张阿鼠的照片。

然后，他似乎很开心地期待着我的分享，为了表示他的开心，他又眨眨眼睛告诉我："我有看过白色的小老鼠喔！"我看着他可爱的表情，觉得这是一个值得谨慎牢记的分享，因为他说的时候，有一种推心置腹的慎重。

昨天，这么巧，电梯一打开时，又是他站在角落里。我一眼就看到他似乎很想遮掩自己手上那两个小提袋，我惊喜地问道："你们家的垃圾都是你在倒的吗？"

他的脸垂得比第一次见面时还要低，小声地说："没有啦！第一次。"

我真是感到佩服，所以自告奋勇地说："等一下，阿姨可以帮你开垃圾桶的盖子吗？"

他的头抬高了起来，轻轻地答了一声："好！"然后我们一起走出电梯，往大楼的垃圾处理区走去。

他很能干地分辨这一袋要回收、那一袋是普通垃圾，而我就在一旁荣幸并尽职地担任自动开启的垃圾盖。

倒完垃圾后，我跟他说再见，他也说再见，然后我们转身分向两头走去。走了几步之后，我突然想起一件事，于是回头对他说："明天开始，你们家的垃圾应该都是你倒了吧！"

听到我的问话，他从大楼入口的向阳处回头，朗声肯定地答了我一声："对！"笑容和声音随着羞涩而仓促的脚步急急隐入了转角处。但是，那一刻，我很确定我真的看到一个四岁多的男子汉，就像我曾看过的一个唤作太郎的日本小男孩，他本不肯走的，突然在一个信心的召唤下，提起脚步，向前迈进。

爱，还是爱

星期日的早上，我六点就起床了。

虽然一夜在浅睡中辗转，但起床时并不觉得累，只感到喉头不时被泪水满塞。每当眼泪不禁要溢出的时候，我便深呼吸，想排除那种酸胀的痛苦感。

七点，我走到店里帮Pony煮了一碗蔬菜燕麦粥、切了一个苹果。昨晚她告诉我说，想在店里跟我们一起吃早餐再去机场。

Eric把行李拿上车、载着Pony到店里来的时候，我在大窗前的桌上已摆好了餐具与食物，只是谁都没有胃口好好吃那顿早餐。

我想起要让Pony带上飞机的食物竟忘了带来，还放在家里的冰箱，Eric马上起身说回去拿。我实在无法去动眼前的早餐，只忍不住站了起来，抱着坐在椅子上的Pony哭了又哭。

我跟Pony说："妈妈很喜欢你留在身边跟我一起工作，但是我也很高兴你回去上课可以学到很多东西。"

她还是像大一在罗得岛与我分别的那天一样，喃喃用英文安慰我说："妈咪，Don't be sad."

我一向对寒假有恐惧感,是贪心使我感到害怕。Pony只能回来三个礼拜,时间过得比飞得还快。

她从下飞机的第二天起就开始跟我一起工作,又过几天,Abby也回家了。

姐姐有时来店里的厨房跟我一起做菜,大部分时间在家洗衣、打扫、写作和准备自己下学期的工作。

在忙碌中,我有了一种错觉,以为她们跟我这样紧紧相依、每晚一起挤在床上说话大笑的日子,是可以一直过下去的。直到星期五的下午,我才惊觉,Pony要搭星期日早上的班机回去了。

我想起她要回去,是因为那天她来厨房客客气气地问我说:"妈咪,如果下午我不来帮忙,你们忙得过来吗?我想请爸爸载我去买点东西带回学校。"

Pony离开店里去买东西之后,我待在工作台前愣了好一会儿,然后我问负责外场的小钱说:"明天晚餐我们可以不营业吗?"

小钱打开订位表,睁着眼睛疑惑地反问我两次:"明天晚上?明天晚上?你确定?我已经接满了订位啊!"

我一时不知道该怎么回答这个难题,只能像个孩子那样,完全无助地趴在工作台上大哭了起来,我说:"Pony要回去了,我想陪陪她!"

我低着头无法停止地哭泣,马上就听到小钱对我说:"好好好,不开、不开。我一个个去打电话,看看他们愿不愿改时间,好不好?"

就这样,星期六的下午,店里提前在五点半打烊,我们一家好好地聚了一晚。然后,Pony带着行李再飞纽约,重回校园。

我没有去机场送她,只记得她离开前抱着我的时候说:"妈咪,我五月就回来,我们可以再一起工作,我会好好帮你做甜点。"然后她又说:"妈咪,加油,等我再回来的时候,你说的那个梦一定会实现。"

我看着她上车、留着她的承诺与祝福,想着我们又要在地球的两端各自努力。她做功课时,会打开Webcam跟我分享心得。

我还是觉得喉头肿胀,随时可以大哭一场,但同时安慰自己说:其实,什么都没有改变,除了那每天可以紧紧地拥抱变成了心中的想念之外,爱还是爱!

别输给原本想要坚持的心意

狮子老虎的世界，是竞争的世界；在人的世界里，竞争也从没有离开过我。每天跟时间竞争，跟自己的昨天竞争，最艰辛的一战永远是跟耐力的竞争。

在生活里回望，输给别人从来不是我难过的原因，如果有挫折，我知道是因为我输给了原本想要坚持的心意、输给了想要继续努力却无法咬牙的一刻。

这个周末，工作排得紧密，一转眼已过完两天，月历马不停蹄地又赶到星期一了。

太阳一早升起时，周围不再像昨天清晨那么安静，隐隐可以感觉到这个世界就要起床工作，只是大家还在翻身赖床，尚未完全清醒。

突然想起一段很可爱的话，可以用来鼓舞一下有Monday Blue的人。

每天早上，一只非洲瞪羚一醒来，便知道自己必须跑得比最快的狮子快，不然就一定送命。每天早上，一只狮子醒来，便知道自己必须跑得比最慢的瞪羚快,否则就会饿死。不论你是狮子或是瞪羚,太阳一出来,你最好就飞奔!

星期一!美好的工作日,赶快跑吧!狮子就在后面;快跑,瞪羚就在前面。

跋
我要和生活翩翩起舞

《漫步生活》预计出版的一个月后，就是我为人妻二十五年、为人母二十四年的可庆贺之月；我说"可庆贺"并不是因为所有的日子都云淡风轻，而是因为所有的日子都别有滋味。

这本书的画页与封面是由二十岁的小女儿负责，就在她完成初稿询我意见时，我才发现，两位主编与我挂在口中常对她说的"漫步生活"，在她想法中是"慢"这个字，因此，她的英文简标是"Slowly, Slowly"。我第一眼看到时忍不住就为她这个误会大笑了起来，心里只想着要再给她补一堂"中文课"。但说着说着，就发现这其实是个很美丽的错误，只要改成"Slowly, Quickly"就十分贴合"漫步"与这本书的联结。这倒是我们先前连想都没有想过的事。

我跟在学校受过一年中文教育的Pony解释，从心部的"慢"

与从水部的"漫"有何不同，为什么我选用的是水部的漫步。我说自己是像水一样地流过生活，日子给什么条件，我就接受它的变化，只认真地流啊流，很少想到要奋力挣扎或心有旁骛。所以，这本书里所记的渠道，不是我的开垦而是我的接受。

不过，我又告诉女儿说，如果"慢"指的是形体的移动或生活节奏的转换，那绝不是我的生活写照；但如果"慢"说的是一个人内心呈现的某一种稳定，这倒吻合了我与生活的对话。日子要我快我就快，日子说可以缓一缓时，即使只有五分钟，我也能意会到它的美妙。因此"Slowly, Quickly"才是我心部的"漫行"，才是我与生活的翩翩之舞。

与生命相处五十年，顺服到底是性格、是目标，还是经验的决定，我已无法分辨。不过，对于我穿梭在各种生活角色却极少挣扎于女性价值的认定，有一天倒引来特别的询问，那位采访过我的女老师说："我觉得你实在是很另类的女权守护者。"

"女权"，一个我熟悉却不曾为此困扰的名词；一个似乎是以挣扎、争取为动词的结果。生为女性，我当然了解除了以集体经验被探讨的歧视、物化、压迫、家务分配的问题之外，永远与这个主题相伴而生的探讨，是隐藏在背后"自由"的意涵。因此，即使在许多争取已有了平等的改善，但我还是感受到一个身为母亲的女性，最重的负担是"价值"的定义；当社会眼光的价值与自己想选取的价值无法平衡时，心中难免挣扎。

于是，我们永远需要有个理由，永远在找一种可以宣告于人的解释：为什么要走出家庭工作，又为什么决定返家，女性因为有了价值的框限，在哪里都好似坐立不安，无法坦然。

对于一个女性的限制，我当然深有所受。无论是生理、时间还是行动上，人人口中的自由是从少女到人妻、人母愈变愈少的。但是，当生活启动转化的过程，在自己习惯于"有定义的自由"不断减少的同时，我却被许多无法形容的所得满足了。例如，在时间穷得发酸的一刻，看到自己竟能安然珍惜一分一秒的益处；在家人病乱不安时，能自信稳下大小事物；我发现，原来自己的静默与耐力是可以改变幽暗，可以点亮生活的。于是，属于女性特别的生活便以不自由与自由的一体两面，辉映在我的认知里。

"权"字有多重的意义，如果以"人所能支配的力量"来解，我对女权的体会应可算是深刻。我并不是为做一个有价值的人而决定要如何过生活的，我是因为确信有一种价值早已存在于我的天赋性别里，所以便安心地顺着向阳大道或曲径幽谷走去。那尽头虽不必然是社会所定义的完美价值，却一直帮助我拥有保持自我的权利，就在这种安全意识中，我感受到了一种特别的自由。

设若女权当中第一要务是撕去标签、认定自己，那么，我想我与许多甘于生活中的苦与乐、甘于限制与劳累的女性一样，在安静生活与默默努力之中，对女权也有另一番点滴在心头的领悟与体会。

ps.

因原台版书名为《漫步生活》，为保留全书原貌，故本文未做删改，特此说明。

蔡颖卿（Bubu）书系

用细节把日子过成诗

在限制中，生活还是有更美好的可能。

ISBN 978-7-5699-3618-6
定价 56

唯爱与美食不可辜负

用细节把日子过成诗

ISBN 978-7-5699-0626-4
定价 36.8

放下手边事，坐下来读读书

这一本本书不断滋养我，把我修正成一个较为合情合理和更为自重的人。

ISBN 978-7-5699-1357-6
定价 39.8

我想学会生活

我想成为一个比先前更好、更快乐自足的人。

ISBN 978-7-5699-1408-5
定价 39.8

有爱意的人生真好看
旅行私想

有爱意的人生真好看

ISBN 978-7-5699-2018-5
定价 45

两个人的餐桌，两个人的家

日子就是一屋两人三餐四季。

ISBN 978-7-5699-2046-8
定价 45

家与美好生活

打造一个舒适、安定、有趣的生活空间，发现你的生活好阳光。

ISBN 978-7-5699-2028-4
定价 72

回到餐桌，回到生活

透过日常的一餐一饭，改善生活的质感。亲手照料的生活，踏实稳定而美好。

ISBN 978-7-5699-2039-0
定价 72

教养在生活的细节里
洪兰 蔡颖卿 爱与智慧的对谈

好好生活,就是教育

ISBN 978-7-5699-1416-0
定价 39.9

妈妈是永远的老师
教养在生活的细节里

好好生活,就是教育

ISBN 978-7-5699-2105-2
定价 42

写给孩子的工作日记

好好生活,好好工作

ISBN 978-7-5699-2048-2
定价 42

安定的妈妈有力量

妈妈是喂饱家庭气氛的,同时维持家庭稳定的生活节奏。

ISBN 978-7-5699-2806-8
定价 45

我的工作是母亲
教养在生活的细节里

母亲的工作是在生活中修行。
遇见孩子,遇见更好的自己。

ISBN 978-7-5699-3327-7
定价 45

妈妈是最初的老师
教养在生活的细节里

妈妈是最初的老师。
在培养出一个有趣的孩子之前,我想先做一个有趣的母亲。

ISBN 978-7-5699-3328-4
定价 45

小厨师 待出版

在爱里相遇 待出版

读书便佳
微信公号:书与美好生活
豆瓣小站:例外

图书在版编目（CIP）数据

用细节把日子过成诗：经典版 / 蔡颖卿著；Pony 绘．— 北京：北京时代华文书局，2020.5
ISBN 978-7-5699-3618-6

Ⅰ．①用… Ⅱ．①蔡… ②P… Ⅲ．①散文集－中国－当代 Ⅳ．① I267

中国版本图书馆 CIP 数据核字（2020）第 050927 号

北京市版权著作权合同登记号　字：01-2014-7843

本书由台湾远见天下文化出版股份有限公司　正式授权

用细节把日子过成诗：经典版
YONG XIJIE BA RIZI GUOCHENG SHI：JINGDIAN BAN

著　　者 | 蔡颖卿
绘　　画 | Pony

出 版 人 | 陈　涛
选题策划 | 陈丽杰　仇云卉
责任编辑 | 陈丽杰　仇云卉
责任校对 | 徐敏峰
封面设计 | lemon
版式设计 | 段文辉
责任印制 | 訾　敬

出版发行 | 北京时代华文书局 http://www.bjsdsj.com.cn
　　　　　北京市东城区安定门外大街 138 号皇城国际大厦 A 座 8 楼
　　　　　邮编：100011　电话：010-64267120　64267397

印　　刷 | 北京盛通印刷股份有限公司　电话：010-52249888
　　　　　（如发现印装质量问题，请与印刷厂联系调换）

开　　本 | 880mm×1230mm　1/32　印　张 | 7.5　字　数 | 205 千字
版　　次 | 2020 年 9 月第 1 版　　　　　印　次 | 2020 年 9 月第 1 次印刷
书　　号 | ISBN 978-7-5699-3618-6
定　　价 | 56.00 元

版权所有，侵权必究